Crashkurs -
Das Schicksal greift ins Lenkrad

32 spannende Kurzgeschichten

Stellen Sie sich vor, Sie sitzen am Steuer Ihres Wagens, auf dem Weg in den Urlaub. Es regnet in Strömen, aber die Straßen sind relativ leer. Keine Pannen, keine Unfälle, keine Staus. Doch plötzlich steht - ohne jede Vorwarnung - ein Hindernis mitten auf der Fahrbahn. Sie versuchen, ihm auszuweichen - aber es ist, als hätte eine fremde Macht das Lenkrad übernommen. Sie haben keine Chance. Denn das Schicksal kennt keine Umgehungsstraße.

So ungefähr müssen sich die Menschen in den dramatischen Kurzgeschichten fühlen, deren heile Welt von einem Augenblick zum nächsten völlig aus den Fugen gerät.

Da ist zum Beispiel der Polizist, der sich bei Recherchen im Internet plötzlich einem Doppelgänger gegenüber sieht; die Ehefrau, die zum Einkaufen fahren will, und in der Garage eine schockierende Entdeckung macht; das Fußballspiel, das nach einer Entscheidung des Schiedsrichters außer Kontrolle gerät; die Mitglieder der Freiwilligen Feuerwehr, die mit den Begleiterscheinungen einer Sturmnacht zu kämpfen haben ... oder die Frau, die sich - mitten im Weihnachtstrubel - in einem Kaufhaus wiederfindet, ohne zu wissen, wie sie dort hingekommen ist ...

Fesselnd und detailreich, hin und wieder aber auch mit einem Augenzwinkern, schildert die Autorin Ereignisse des täglichen Lebens, die meist ein sehr unerwartetes Ende nehmen.

✳ ✳ ✳

Christine Rieger, Jahrgang 1953, begann erst nach dem Ende ihres Berufslebens mit dem Verfassen von Kurzgeschichten, die sie anfangs in der „Schreibwerkstatt" einer Internet-Community und später in einem eigenen Blog veröffentlichte. Zu ihrem Repertoire gehören Krimis, Märchen, Satire und Geschichten „mitten aus dem Leben".

Die Autorin ist verheiratet und lebt mit ihrem Mann in Nürnberg.

Christine Rieger

Crashkurs -
Das Schicksal greift ins Lenkrad

32 spannende Kurzgeschichten

Bibliografische Information der Deutschen Nationalbibliothek:
Die Deutsche Nationalbibliothek verzeichnet diese Publikation in der Deutschen Nationalbibliografie; detaillierte bibliografische Daten sind im Internet über http://dnb.dnb.de abrufbar.

© 2017 Name des Autors / Rechteinhabers:
Christine Rieger

Alle Rechte vorbehalten

Titelfoto:
© Vitaly Krivosheev / Fotolia.com

Herstellung und Verlag:
BoD – Books on Demand, Norderstedt

ISBN: 9-783743-1-7571-6

*Für meinen Mann Rudi
und meine Freundin Inga*

Danksagung

- *Mein Dank gilt in erster Linie meiner Freundin Inga. Bei der von ihr initiierten „Schreibwerkstatt" in einer Internet-Community habe ich meine ersten Gehversuche als Autorin gemacht.*

- *Danken möchte ich aber auch Martina für ihre hilfreichen Tipps im Zusammenhang mit der Erstellung dieses Buches.*

- *Und nicht zuletzt danke ich meinem Mann für seine Geduld, seine Unterstützung und seine guten Ratschläge.*

Alle beschriebenen Personen,
Orte und Handlungen sind frei erfunden.
Eventuelle Ähnlichkeiten mit realen Personen
sind nicht beabsichtigt und rein zufällig

Inhaltsverzeichnis

Zwei Leben	9
Angst	13
Erschossen	16
Flucht	18
Feuersturm	21
Aufstiegskampf	28
Sturmnacht	30
Vergeltung	36
Vollmond	39
Die Mine	42
Das Wiedersehen	47
Der Steinerne Fluss	50
Die Busfahrt	58
Familiensonntag	67
Wassermangel	74
Kriegszustand	83

Der rote Stein	92
Gut gezielt	95
Die Heimfahrt	97
Identitätsverlust	100
Moment der Entscheidung	107
Barbaras Geheimnis	111
Börsenfieber	115
Die Mutprobe	122
Obdachlos	125
Böse Überraschung	131
Seebeben	133
Schwarze Schatten	138
Karinas Einsatz	143
Blackout im Kaufhaus	150
Sekundenschlaf	153
Ein gutes neues Jahr	157

Zwei Leben

Er starrte minutenlang auf den Bildschirm, als sähe er ein Gespenst. Das konnte doch nicht wahr sein! Sein eigenes Gesicht blickte ihn an, als sähe er in einen Spiegel. Gut, die Haare waren etwas länger und lockiger als seine, auch ein kleines bisschen dunkler, die Frisur anders. Aber es war unzweifelhaft sein eigenes Gesicht. Darunter ein Name: Matteo Garcia. Und ein kurzer Zeitungsausschnitt: *„International gesuchter Drogendealer in Hamburg gefasst!"*

Als es ihm endlich gelang, sich zu fassen, setzte auch sein gesunder Menschenverstand wieder ein. Das konnte nur ein Irrtum sein. Jemand hatte sein Foto aus einem der sozialen Netzwerke, in denen er verkehrte, geklaut - entweder, um ihm zu schaden, oder einfach nur aus Blödsinn. Die Leute machten ja heute vor nichts mehr Halt!

Thomas Garhammer - seine Freunde nannten ihn Tom - war Computerspezialist. Einer der Gefragtesten bei der Polizei. Aus allen Teilen Deutschlands - und zunehmend auch aus dem Ausland - kamen Anfragen von den verschiedenen Dezernaten, die bei der Fahndung nach Mördern, Waffenschiebern, Rauschgifthändlern oder Kinderschändern (auch vermisste Personen hatten schon zu seinen Suchobjekten gehört) mit ihren herkömmlichen Methoden an ihre Grenzen stießen und nun hofften, dass Tom im Internet irgendeine heiße Spur finden würde. Meistens war es auch so.

Schon von frühester Jugend an hatte Tom stets das neueste elektronische Spielzeug zur Verfügung gehabt. Sein Vater - er und seine Frau hatten Tom schon als Baby adoptiert - war ein reicher Fabrikant, der seinen Sohn regelrecht vergötterte und ihm jeden Wunsch erfüllt hatte, sofern es um Dinge ging, die mit Geld zu kaufen waren. Tom war dadurch aber keineswegs ein arroganter Schnösel geworden. Er war ein ganz normaler Junge, für den Handy, Laptop, Spielekonsole und all diese Sachen selbstverständlich zum Leben gehörten, und der auch seine vielen Freunde großzügig damit spielen ließ.

Sein Berufswunsch stand früh fest: Irgend etwas mit Computern. Natürlich. Damit kannte er sich bestens aus. Er entschied sich für eine Laufbahn bei der Polizei, absolvierte die Grundausbildung und avancierte schon in kurzer Zeit zu einem der besten Internet-Spezialisten. Und nun war er bei seiner Recherche auf sein eigenes Bild gestoßen. Im Zusammenhang mit Drogengeschäften ...

Während seine Finger über die Tastatur seines Laptops flitzten, um mehr über den geheimnisvollen Dealer zu erfahren, der da mit seinem Gesicht herumlief, blitzte plötzlich ein Gedanke in seinem Hinterkopf auf. Etwas, das sein Vater ihm vor Jahren erzählt hatte. Damals, als er erfuhr, dass seine Eltern ihn adoptiert hatten. Was war das nur gewesen?

Sein leiblicher Vater war bei einem Unglück auf einer Ölplattform in der Nordsee ums Leben gekommen. Seine Mutter war danach - mit den Kindern völlig überfordert - zusammengebrochen, und ... *den Kindern*! Das war es! Er musste Geschwister gehabt haben. Was war aus denen geworden?

Er hackte auf seine Tastatur ein, als hinge sein Leben davon ab. Tippte Namen, Daten, Orte in das Suchfeld ein. Und dann hatte er es. Die Geschichte seiner Familie. Sein Leben.

Bevor sein Vater verunglückt war, hatte seine Mutter Zwillingen das Leben geschenkt. Zwei Jungen. Einer davon musste er, Tom, sein. Und der andere? Der Drogenboss mit seinem Gesicht?

Hektisch las er weiter. Die Mutter war nach dem Unglück mit einem Nervenzusammenbruch in die Psychiatrie eingeliefert worden. Daraufhin entzog das Jugendamt ihr das Sorgerecht für die Zwillinge, und nachdem es keine Verwandten gab, die sich um die Kinder kümmern konnten, wurden Thomas und Matthias (so hieß der andere Junge) in ein Heim gebracht. Wenig später starb ihre Mutter. Man vermutete, an gebrochenem Herzen. So etwas sollte es ja tatsächlich geben. Die Waisen wurden zur Adoption freigegeben.

Tom forschte weiter. Seine Finger rasten geradezu über die Tastatur, um zu erfahren, wohin das Schicksal seinen Bruder verschlagen hatte. Und was ihm in seinem Job inzwischen zu einem legendären Ruf verholfen hatte, half ihm auch diesmal.

Sein Bruder war von einem Ehepaar in Südamerika adoptiert worden. Und nachdem sein deutscher Name für die dortigen Zungen nahezu unaussprechlich war, hatte er einen neuen Namen erhalten: Matteo. Matteo Garcia.

Leider geriet der Junge schon früh auf die schiefe Bahn. Er schwänzte die Schule, konsumierte Drogen und begann, um seine Sucht zu finanzieren, irgendwann zu dealen. Und nun hatten sie ihn geschnappt. Hier in Hamburg. Als er eine Ladung Rauschgift im Hafen auslösen wollte. Versteckt in den Hohlräumen von Containern mit Rindfleisch, das für Steakrestaurants in Deutschland bestimmt war.

Tom schaltete nicht einmal seinen Laptop aus. Er sprang vom Stuhl auf, warf seinem Kollegen im Nebenraum eine kurze Notiz auf den Tisch, wo er zu finden war, und fegte die Treppe hinunter.

Die Zeit, sich einen Dienstwagen zu organisieren, nahm er sich nicht. Kurzerhand sprang er in sein Privatauto und raste, wie von Furien gehetzt, nach Ohlsdorf in die dortige Justizvollzugsanstalt - allgemein bekannt unter dem Spitznamen „Santa Fu", weil sie früher einmal im Stadtteil Fuhlsbüttel angesiedelt gewesen war.

Dank seiner Zugehörigkeit zur Polizei war es kein großes Problem für ihn, zu dem gefangenen Drogendealer vorzudringen. Er musste nicht lange warten.

Dann standen sie sich gegenüber. Nur zwei Schritte voneinander entfernt. Die Zwillingsbrüder, die sich nie vorher bewusst gesehen hatten. Deren Leben unterschiedlicher nicht hätte verlaufen können.

Es war, als würden sie in einen Spiegel sehen.

Angst

Susanna war allein zu Hause. Rolf war gleich nach dem Mittagessen zu einer Radtour aufgebrochen. Sie hatte nicht mitkommen wollen - ihr Mann pflügte am liebsten durch den Wald, über Wiesen, durch Schlamm und über Sandpisten. Sie fuhr längst nicht so routiniert wie er und hatte ständig Angst, auf solchen Wegen zu stürzen. Ganz abgesehen davon, fuhr er ziemlich schnell, so dass sie sich viel zu sehr anstrengen musste, um mitzuhalten.

Nun stand sie am Fenster und starrte hilflos in die Dunkelheit. Eigentlich hätte Rolf längst zurück sein müssen.

Ihre Angst wurde immer größer, wuchs in Unermessliche. Was, wenn er einen Unfall gehabt hatte? Wenn er nicht mehr imstande gewesen war, Hilfe zu rufen? Dass er sich verirrt hatte, glaubte sie keinen Augenblick. Er war in der Gegend aufgewachsen, kannte jeden Baum beim Vornamen und jeden Weg wie seine Hosentasche.

Schon mehrmals hatte sie auf seinem Handy angerufen, aber er musste es ausgeschaltet haben. Sie geriet immer nur an die verdammte Mailbox, die ihr mitteilte, dass der Teilnehmer im Augenblick nicht erreichbar sei.

Mist! *Was mache ich nur, wenn ihm wirklich etwas passiert ist? Wenn er vielleicht einen Herzinfarkt erlitten hat?* So, wie es dem Mann ihrer Freundin im letzten Sommer ergangen war? Sollte auch sie von einer Sekunde auf die andere erfahren müssen, dass ihr Mann nie wiederkommen würde?

Wie in aller Welt sollte sie denn ganz alleine zurechtkommen? Sie hatte doch außer Rolf keinen Menschen! Ihre Eltern lebten nicht mehr, und Monika, ihre Schwester, wohnte hunderte von Kilometern entfernt. Was würde dann aus ihrer Wohnung werden? Sie konnte doch alleine die Miete gar nicht aufbringen - von all den anderen Unkosten ganz zu schweigen!

Sie steigerte sich in immer größere Angst hinein. Immer düsterer wurden ihre Befürchtungen. Sie begann, sich Vorwürfe zu machen. *Warum bin ich nicht mitgefahren? Wie konnte ich ihn alleine losziehen lassen? Er ist fast siebzig - in diesem Alter kann doch immer irgend etwas passieren!* Ob sie vielleicht mal in den Krankenhäusern anrufen sollte?

Die Zeit verging, die Uhrzeiger rückten schon auf zehn. So lange war er noch nie weg gewesen! Sie nahm den Telefonhörer zur Hand, um die Polizei anzurufen. Aber dann fiel ihr ein, dass sie ja noch nicht einmal wusste, in welche Richtung Rolf gefahren war.

Urplötzlich fühlte sie sich in ihre Kindheit zurückversetzt. Auch da hatte sie einmal solche Angst ausgestanden. Sie musste ungefähr zehn oder elf gewesen sein. Ihre Eltern waren abends ausgegangen und hatten sie mit ihrer jüngeren Schwester allein zu Hause gelassen. Monika schlief tief und fest im Nebenzimmer. Sie, Susanna, hatte in panischer Angst am Fenster gestanden - bis die Eltern nach zweieinhalb Stunden wohlbehalten zurückkehrten. Erst dann war sie endlich eingeschlafen. Dabei war ihre Angst völlig irrational. Ihre Eltern hatten sich nur bei einem befreundeten Ehepaar im Haus gegenüber aufgehalten!

Susanna erschrak zu Tode, als plötzlich im Hausflur ein Pfiff ertönte - „ihr" Pfiff. Das Zeichen ihres Mannes, dass er wieder zu Hause war. Sie war so in die Vergangenheit versunken gewesen, dass sie völlig überhört hatte, wie er die Wohnungstür aufsperrte.

Wie von der Tarantel gestochen, raste sie in den Flur - und da stand er. Von oben bis unten voller Schlamm, die Haare zerzaust, im Gesicht mehrere Schrammen. Aber er war zurück.

Sie brachte kein Wort heraus. Sie wollte ihn fragen, wieso er so lange weg gewesen war, warum er ihr nicht Bescheid gegeben hatte, wieso er so verdreckt war - nichts. Ihre Stimme wollte ihr einfach nicht gehorchen.

Rolf ging auf seine Frau zu, nahm sie in den Arm und sagte: „Der Akku von meinem Handy war leer - ich habe vergessen, ihn aufzuladen!"

Erschossen

Der Tote lag am Boden. Sein Körper wurde größtenteils von dem Zweisitzer-Sofa verdeckt, hinter dem er umgekippt war. Nur die Beine, die in schwarzen Jeans steckten, waren zu sehen. An den Füßen trug er Turnschuhe. Ziemlich neu - die Sohlen waren kaum schmutzig.

Das Zimmer war nur kärglich möbliert. Links neben dem Sofa mit der weißen Wolldecke ein Servierwagen, darauf ein Telefon mit Wählscheibe und einem altertümlichen Brokatbezug. An der anderen Seite, an der Wand, ein ebenso altertümlicher Sekretär. Auf der aufgeklappten Schreibplatte eine halbvolle Wasserkaraffe, mehrere halbleere Flaschen und vier Gläser, eins davon benutzt. Von einer Frau. Die Lippenstiftspuren waren gut zu erkennen. Kein Couchtisch.

Die Türe - eigentlich nur ein Torbogen - schien ins Nichts zu führen. Davor stand eine Frau. Keine Uniform - aber die Haltung und das Benehmen verrieten sie trotzdem. Kripo - Morddezernat. Sie sprach in ein Handy. Die Worte konnte man nicht verstehen; sie redete sehr leise.

Neben der Leiche robbte ein Mann auf allen Vieren. Weißer Schutzanzug, Gummihandschuhe, eine durchsichtige Plastiktüte in der Linken. Die Spurensicherung. Eigentlich war sie überflüssig - die Leiche war ja noch da. Auch die Tatwaffe.

Und die Mörderin. Eine junge Frau. Sie stand neben einem riesigen Gummibaum. Ihr Gesicht war nicht zu sehen. Lange dunkle Haare verdeckten es. Sie hielt den Kopf gesenkt, als würde sie sich schämen. Der Revolver lag zu ihren Füßen - dort, wo er ihr nach dem Mord aus der Hand gefallen war.

Eine Polizeisirene wurde hörbar - erst ganz leise, dann immer lauter. Motorengeräusch. Quietschende

Bremsen. Schritte. Durch den Torbogen rannten zwei Polizeibeamte, diesmal in Uniform.

Die Beamtin von der Mordkommission klappte ihr Handy zu und sagte nur ein Wort:

„*Abführen!*".

Der Vorhang fiel. Totenstille im Zuschauerraum. Dann donnernder Applaus ...

Flucht

Seine Frau fand ihn eines Morgens, als sie das Auto aus der Garage holen wollte, um zum Einkaufen zu fahren. Er hatte sich in der Nacht erhängt. Die Leiter, die er benutzt hatte, um den stabilen Haken an der Garagendecke zu erreichen, lag umgestürzt am Boden. In seiner Hosentasche fand die Polizei später einen Zettel: *„Liebling, bitte verzeih mir. Ich hatte keine andere Wahl."* Sonst nichts.

Die Trauerfeier geriet zum Großereignis. Unzählige Menschen, die ihn in seinem Leben gekannt hatten, wollten sich nun von ihm verabschieden - und sie alle rätselten über die Hintergründe seiner Tat. Niemand konnte sich erklären, warum ein Mann wie Ulrich Berger sich umgebracht haben könnte. Erst nach und nach förderte die Polizei bei ihren Ermittlungen die Wahrheit ans Licht.

Ulrich Berger war ein hochgeachteter Mann gewesen. Vorstandsvorsitzender eines großen Elektronik-Konzerns, aktiv in der Kommunalpolitik, Mitglied in mehreren örtlichen Vereinen, darunter bei einer Hilfsorganisation. Auch einige Ehrenämter hatte er inne - so hatte er in seiner knappen Freizeit Bewohner eines Seniorenheims besucht, ihnen Filme von seinen vielen Reisen vorgeführt, sich mit ihnen unterhalten und kleine Besorgungen für sie erledigt.

Seine Geschäftspartner in aller Welt schätzten ihn wegen seiner Integrität, seinem klaren Verstand und seiner absoluten Unbestechlichkeit.

Auch sein Privatleben war vollkommen unspektakulär. Verheiratet, seit nahezu 30 Jahren mit derselben Frau, drei Kinder. Schicker, aber nicht übertrieben luxuriöser Bungalow in einer der besten Wohngegenden der Stadt. Zwei Autos (obwohl er sich einen ganzen Fuhrpark hätte leisten können). Keine Affären - nichts. Absolut nichts Außergewöhnliches.

Freunde und Nachbarn schätzten Ulrich Berger als hilfsbereit, höflich, immer gut gelaunt. Bei jedem Grillfest, auf jeder Party war er ein gern gesehener Gast. Und nun *das!*

Niemand konnte ahnen, dass er einen großen Fehler hatte. Nicht einmal seine Frau war jemals dahinter gekommen, und - hätte sie davon erfahren, - sie hätte es nicht geglaubt.

Ulrich Berger war spielsüchtig. Schon in seiner Jugend auf einem kleinen Dorf hatte er liebend gerne in Gaststätten die Spielautomaten „gefüttert". Niemand hatte sich dort über den jungen Burschen aufgeregt, der sein Taschengeld verspielte. Das Jugendschutzgesetz war damals längst noch nicht in Kraft.

Später, als er alt genug dafür war, wurde er ein bekannter Gast in allen erreichbaren Casinos.

Während seiner vielen Geschäftsreisen besuchte er natürlich keine Casinos - da hätte er ja einen seiner Geschäftspartner treffen können. Nein, er spielte Poker in illegalen Kneipen, in Hinterzimmern von Spelunken, und mit zweifelhaften Gegnern.

Natürlich blieb es nicht aus, dass er Geld verlor. Viel Geld. Zumal die Mitspieler nicht eben zu der ehrlichsten Sorte Menschen gehörten.

Anfangs konnte er die Verluste noch kompensieren. Er räumte die privaten Konten ab, zuerst seines, dann die seiner Kinder, und als auch das nicht mehr reichte, fing er an, sich bei Geschäftskonten zu bedienen. Er vertuschte seine „Privatentnahmen" so geschickt, dass seine Manipulationen niemandem auffielen.

Vielleicht wäre es ewig so weitergegangen, wenn - ja, wenn nicht eines Tages eine der Spielhöllen in Singapur, die er häufig besuchte, wegen eines Mordes aufgeflogen wäre.

Ulrich Berger hatte mit dem Mord nicht das Geringste zu tun. Aber er geriet dadurch in die Ermittlungen der Polizei.

Doch bevor er und seine Familie auch noch in die weltweiten Schlagzeilen geraten konnten, zog er - im wahrsten Sinne des Wortes - die Reißleine.

Feuersturm

Manchmal genügt ein winziger Zufall, um eine Katastrophe auszulösen. Hätte Theo Karg an diesem Abend, wie er es sonst immer tat, seine Zigarette auf dem Balkon geraucht und den Stummel ordnungsgemäß im Aschenbecher ausgedrückt - der Tag hätte vermutlich ganz anders geendet.

Doch an jenem Sonntag verspürte er das Bedürfnis, noch einen Abendspaziergang zu machen, obwohl bereits von fern das Grollen des ersten Frühlingsgewitters zu vernehmen war. Doch die große Portion Bratkartoffeln und die drei Spiegeleier mit Speck, die er am späten Nachmittag zu sich genommen hatte, lagen ihm allzu schwer im Magen und würden ihm mit Sicherheit die Nachtruhe rauben, wenn er sich jetzt nicht dazu aufraffte, wenigstens eine Runde um den Häuserblock zu laufen.

Gedacht, getan. Kurz entschlossen warf er sich eine Jacke über den Jogginganzug, in dem er gewöhnlich vor dem Fernseher zu lümmeln pflegte, steckte seine Hausschlüssel, Handy und Zigaretten ein, und machte sich auf den Weg.

Gemächlich spazierte er an den Mehrfamilienhäusern entlang, die eine Wohnungsgenossenschaft vor zwei Jahren hier errichtet hatte. Eine Siedlung in Holzbauweise. Theo hatte damals oft die Bauarbeiten in Augenschein genommen und sich darüber gewundert, wie man in der heutigen Zeit Häuser komplett aus Holz bauen konnte. Wenn da mal jemand im Bett rauchte, oder den Gasherd nicht ordnungsgemäß ausschaltete ... Doch der Bauleiter, den er darauf ansprach, versicherte ihm, es würden alle Bauvorschriften eingehalten, und es könne wirklich nichts passieren. Nun ja - der musste es ja wissen.

Es war für die Tageszeit noch erstaunlich warm - immerhin schrieb man erst Mitte April. *Aber das Wetter war sowieso nicht mehr das, was es früher einmal war,* musste Theo denken. Kaum noch richtige Winter, viel zu wenig Regen - und wenn doch, dann gleich in solchen Mengen, dass der ausgetrocknete Boden und die Gullys die Wassermassen nicht mehr aufnehmen konnten. „Erderwärmung" nannten das die Meteorologen.

In den letzten Monaten hatte es kaum geregnet. Die Böden waren strohtrocken. Das Gras, das sonst um diese Jahreszeit einen hellgrünen Teppich in den Gärten bildete, kam nicht auf die Höhe. Die ersten Knospen, die sich an den Büschen hervorgewagt hatten, waren vertrocknet, noch bevor sie sich überhaupt öffnen konnten. In den Wäldern ringsum herrschte eine solche Trockenheit, dass bereits die höchste Alarmstufe ausgerufen worden war. Täglich kreisten Flugzeuge mit Brandbeobachtern über den Wäldern, die jedes noch so winzige Rauchwölkchen sofort an die örtliche Feuerwehr meldeten. Normalerweise kam so etwas - wenn überhaupt - erst in den Sommermonaten vor. Im April hatte es das bisher noch nie gegeben!

Theo langte in seine Jackentasche, angelte die Zigaretten heraus und zündete sich eine an. *„Blöde Angewohnheit"*, dachte er selbstkritisch, während er eine Rauchwolke ausstieß, *„und teuer dazu!"*. Aber er hatte es trotz mehrerer Versuche bisher nicht geschafft, von diesem Laster loszukommen. Die Sucht war stärker.

Gedankenverloren beobachtete er zwei Amseln, die ganz offensichtlich einen Kampf ausfochten - um eine Baumscheibe zwischen zwei Blumenbeeten, in denen ein paar einsame Narzissen versuchten, wenigstens ein kleines bisschen Farbe in das mickrige Gras zu zaubern. Mit wenig Erfolg.

„Kikerikiiiiiii" schallte es urplötzlich durch die stille Straße. Theos Handy! Erschreckt flogen die beiden Amseln auf und stoben davon. Fluchend angelte Theo das plärrende Ding aus seiner Tasche. Dabei fiel ihm die Zigarette aus der Hand und landete auf der achtlos weggeworfenen Papiertüte einer nahe gelegenen Bäckerei. Theo bemerkte es nicht. In das Gespräch mit seiner Schwester vertieft, lief er weiter.

Inzwischen war das Gewitter näher gekommen. Das linde Lüftchen, das vor kurzem noch die vermickerten Grashalme und die wenigen Blättchen an den Bäumen gestreichelt hatte, frischte auf. Die Glut an dem heruntergefallenen Zigarettenstummel vergrößerte sich, wurde zur Flamme. Sie erfasste die Papiertüte, fraß sie im Handumdrehen auf, und sah sich dann nach neuer Nahrung um. Die fand sie unschwer in dem hölzernen Gartenzaun, der das nächstliegende Grundstück von der Straße trennte. Knisternd biss sich die Flamme hinein, angefacht von dem immer stärker werdenden Wind.

Noch bemerkte niemand das nahende Unglück. Theo war längst um die nächste Ecke entschwunden, und ansonsten war die Straße leer. Die Leute hockten um diese Zeit vor dem Fernseher und warteten auf die Tagesschau. So konnte das Feuer sich ungehindert weiter entfalten.

Ein plötzlicher Windstoß ließ einen Funkenregen aufstieben und verteilte die Glut weiter. Die hölzerne Eingangstreppe des Mehrfamilienhauses fing Feuer. Weitere Funken landeten auf dem Dach. Andere flogen weiter bis zum nächsten Haus.

Andy Höffner war mit seinem Rennrad auf dem Heimweg. Er hatte den Sonntag bei seiner Freundin verbracht. Jetzt hatte er es eilig und trat in die Pedale, um noch vor dem losbrechenden Gewitter nach Hause

zu kommen. Er hielt den Kopf tief über den Lenker gebeugt, um dem tobenden Wind möglichst wenig Angriffsfläche zu bieten. Plötzlich sah er aus dem Augenwinkel etwas, das nicht hierher gehörte. Eine Flamme.
Feuer!

Er bremste so abrupt, dass er fast gestürzt wäre, sprang vom Rad, ließ sein Gefährt einfach fallen und riss sein Handy aus der Tasche seines Trikots, um den Notruf zu wählen. Der Wind hatte inzwischen Sturmstärke erreicht. Blitze zuckten über den Himmel, und der Donner krachte ohrenbetäubend. Aber es fiel kein Tropfen Regen, der das Feuer hätte löschen können.

Innerhalb von Sekunden wurde das Feuer zu einer undurchdringlichen Wand. Andy hatte keine Möglichkeit, die Bewohner zu warnen, ohne sich selbst in Gefahr zu bringen. Die Treppe und die Eingangsüberdachung standen bereits in Flammen. Es war auch nicht nötig. Die Bewohner hatten inzwischen selbst bemerkt, dass irgend etwas nicht stimmte. An Fenstern und auf den Balkonen erschienen verängstigte Menschen. Jemand rief um Hilfe.

Andy kümmerte sich nicht darum. Hier konnte er nichts machen - das war ein Fall für die Feuerwehr. Er jagte zum Nachbarhaus, um wenigstens dort die Menschen zu warnen. Auch hier brannte schon das Dach. Hastig drückte er auf alle Klingelknöpfe. Endlich öffnete jemand.

„*Feuer!*" schrie er, so laut er konnte. „Raus hier - es brennt! *Schnell!*" Dann rannte er weiter, von einem Haus zum nächsten, und scheuchte die Bewohner auf. Sieben Gebäude waren es insgesamt, die in Reih und Glied nebeneinander standen - nur getrennt durch schmale Fußwege, die für das Feuer kein nennenswertes Hindernis darstellten.

Aus allen Türen kamen Menschen gerannt, um sich in Sicherheit zu bringen. Kopflos rannten sie auf die Straße. Kinder in Schlafanzügen. Ein verstörtes, junges Mädchen, barfuß, im T-Shirt, über das sie hastig eine Decke geworfen hatte. Ein älterer Herr, der einen Dackel an der Leine hinter sich her zerrte. Eine Frau mit einem Vogelkäfig in der Hand, in Kittelschürze und Pantoffeln.

Eine junge Frau mit kurzen schwarzen Haaren rannte auf Andy zu. Sie trug nur ein Negligé, das sie vorne notdürftig mit einer Hand zusammenraffte.

„Bitte helfen Sie mir - mein Mann ist da drin! Er sitzt im Rollstuhl und kann alleine nicht weg!" Ihr Gesicht wirkte leichenblass in den ständig zuckenden Blitzen. Der Sturm riss an ihrem dünnen Kleidungsstück. Es klaffte auf. Darunter war sie splitternackt. Aber Andy hatte dafür keinen Blick.

„Wo ist Ihr Mann? Gehen Sie voraus!" kommandierte er.

Die Frau hastete in Richtung des vorletzten Hauses in der Reihe. Bis hierher war der Feuersturm noch nicht gekommen. Aber lange konnte das nicht mehr dauern, wie Andy mit einem kurzen Blick nach rückwärts feststellte.

Wo blieb denn nur die Feuerwehr, verdammt noch mal? Die Zeit, seit er seinen Notruf abgesetzt hatte, kam ihm wie eine Ewigkeit vor.

Die Frau im Negligé rannte die Treppe hinauf in die zweite Etage, direkt unter dem schrägen Dach. Die Wohnungstür auf der linken Seite stand offen. Dahinter ein Rollstuhl, in dem ein Mann saß. Er war noch jung, der Statur nach Sportler. Doch jetzt war er völlig hilflos. In seinen Augen stand nackte Angst.

„Können Sie aufstehen?", fragte Andy.

„Nein. Querschnittslähmung. Ein Badeunfall.", lautete die knappe Antwort.

„Allein kann ich Sie nicht tragen. Warten Sie - ich hole Hilfe!"

„Sie", wandte er sich an die Frau im Negligé, „bleiben Sie bei Ihrem Mann. Ich bin sofort zurück. Und ziehen Sie sich irgendwas an. Es dauert nicht lange!"

Ohne eine Antwort abzuwarten, raste er, zwei Stufen auf einmal nehmend, die Treppe hinunter zur Straße, wo immer noch Menschen durcheinander rannten. Der Sturm tobte nach wie vor mit unverminderter Kraft. Abgerissene Äste flogen durch die Gegend, das Feuer heulte. Dazwischen die Blitze und der krachende Donner - ein Inferno, übertönt von den Sirenen der anrückenden Feuerlöschzüge.

Der erste Zug stand bereits. Feuerwehrleute in Uniformen rollten Schläuche aus, schlossen sie an Hydranten an. Ein Bus der städtischen Betriebe schaukelte um die Ecke - als Notquartier für die Bewohner gedacht. Von der anderen Seite rasten ein Notarzt und mehrere Krankenwagen heran. *Endlich!*

Andy rannte auf eine heftig diskutierende Menschengruppe zu, die sich gegenüber dem Nachbarhaus gebildet hatte. Ohne lang zu fackeln, packte er einen kräftigen jungen Mann beim Arm, einen Kopf größer als er selbst.

„Los, kommen Sie - ich brauche Ihre Hilfe! Nun machen Sie schon!" Er zerrte den Widerstrebenden einfach mit sich, ins Haus, die Treppe nach oben, wo der Rollstuhlfahrer noch immer hinter der offenen Wohnungstüre saß. Neben ihm seine Frau. Sie hatte über ihr Negligé kurzerhand eine dicke Winterjacke geworfen, die wohl zufällig an der Garderobe hing und mit Sicherheit ihrem Mann gehörte. Aber egal.

„Los, fassen Sie an!", befahl Andy dem mitgebrachten Helfer.

Es war ein unglaublicher Kraftakt, den Rollstuhl, zusammen mit seinem Insassen, die Treppe hinunter zu wuchten. Aber sie schafften es. Gerade noch.

Sie hatten kaum das Haus verlassen, und waren auf der gegenüberliegenden Seite der Straße angekommen, als der Dachstuhl in Flammen aufging. Nicht auszudenken, wenn ...

Erst jetzt hatte Andy Gelegenheit, im Licht einer Straßenlaterne den Mann im Rollstuhl genauer in Augenschein zu nehmen. Diese Statur, die hellblauen Augen, die Haarfarbe ...

„Markus?", fragte er schließlich zaghaft, so, als könne er seinen Augen nicht trauen. „Markus Bach?"

Der andere starrte ihn an, als sähe er einen Geist.

„Sie kennen meinen Mann?" fragte die junge Frau mit den schwarzen Haaren erstaunt.

„Allerdings!" Andy schüttelte den Kopf, als könne er es nicht glauben. „Markus Bach ist - war einmal ... mein bester Freund!"

Ein ohrenbetäubender Donnerschlag übertönte seine Stimme. In der nächsten Sekunde begann es zu schütten, als hätte der Himmel seine Schleusen geöffnet. Wie eine Wand rauschte das Wasser herunter und löschte sofort den Großbrand. Der Feuerwehr blieb später nur noch übrig, nach Glutnestern zu fahnden.

Aufstiegskampf

Das Fußballspiel war in vollem Gange. Es ging wieder einmal heiß her zwischen den beiden rivalisierenden Vorstadtvereinen. Man hätte meinen können, von einem Sieg hinge die Weltmeisterschaft ab.

Die Zuschauer auf beiden Seiten feuerten ihre Mannschaften an. Sie schwenkten Clubfahnen, sangen, pfiffen, schrien sich heiser. Die Mannschaft, die heute Nachmittag den Sieg davontrug, würde in die nächsthöhere Klasse aufsteigen. Das war alle Mühen wert.

In der Halbzeitpause stand es unentschieden. Die Fans beider Mannschaften stießen wilde Drohungen gegeneinander aus. Versuchten, aufeinander loszugehen. Doch dem Aufsichtspersonal gelang es, die verfeindeten Parteien auseinander zu halten.

Anpfiff zur zweiten Halbzeit. Die Mannschaft in den schwarzen Trikots mit der leuchtenden Sonne auf der Brust eroberten den Ball. Rannten, was die Beine hergaben. Dann ... ein Schuss ... und - „Toooooooor!"

Jubelgeschrei, Freudengesänge, Trommelwirbel. Ein Pfiff durchschnitt den Lärm. Der Schiedsrichter erkannte auf „Abseits" - das Tor war ungültig. Sekundenlang herrschte Totenstille. Dann brach die Hölle los.

Von irgendwoher kam ein Gegenstand geflogen. Noch einer. Feuerzeuge, Plastikbecher, ein Schlüsselbund wurden in Richtung des Schiedsrichters geworfen. Jemand zündete eine Feuerwerksrakete.

Das war das Signal!

Die Fans beider Mannschaften stürmten das Spielfeld. Eine Prügelei brach los, Mann gegen Mann. Die Sicherheitskräfte taten ihr Möglichstes. Aber sie waren machtlos gegen die Schläger. Das war kein Fußballspiel mehr. Das war *Krieg*!

Unter den Zuschauern brach Panik aus. Viele versuchten, irgendwo in Deckung zu gehen. Drängten zu den Ausgängen, um den Sportplatz zu verlassen.

Spieler, Linien- und Schiedsrichter versuchten, sich in die Umkleidekabine zu retten. Es sah aus, als würden sie um ihr Leben rennen. Vermutlich war es auch so.

Ein Hagel von Wurfgeschossen ging aus der Fankurve auf die Flüchtenden nieder. Wasserflaschen, Getränkedosen, Schuhe, Schirme, Feuerzeuge - was immer greifbar war, wurde in Richtung der Umkleidekabinen geschleudert.

Und dann geschah es!

Kurz vor dem Eingang, fast schon in Sicherheit, begann der Schiedsrichter plötzlich zu schwanken wie ein Betrunkener. Stolperte, über irgend etwas, das auf dem Boden lag. Versuchte, sich am Geländer festzuhalten. Vergebens. Er fiel.

Zwei Spieler bückten sich, um ihm auf die Beine zu helfen. Doch er war bereits bewusstlos. Ein Schwächeanfall? Eines der Wurfgeschosse, das ihn getroffen hatte?

Der herbeieilende Notarzt konnte nichts mehr für ihn tun. Herzstillstand.

Sturmnacht

Die Nacht ist ruhig. Viel zu ruhig für Sebastians Geschmack. Eigentlich hatte er - als er sich zur Freiwilligen Feuerwehr meldete - gehofft, hier wenigstens ab und zu ein bisschen Action zu erleben. Naja - und dann war es auf dem Dorf ja fast schon Pflicht, sich dort zu engagieren. Entweder bei der Feuerwehr oder bei den Pfadfindern.

Die Grundausbildung hatte er längst hinter sich. Aber actionreich waren seine Einsätze bisher keineswegs. Eine Katze, die sich aus einem Baum nicht mehr herunter traute. Das Öffnen der Haustür bei der alten Frau Bader, die in der Küche ihr Essen auf dem Herd stehen hatte. Sie wollte nur schnell zum Briefkasten, vergaß den Wohnungsschlüssel, und die Tür fiel hinter ihr zu. Der umgestürzte Gabelstapler im Sägewerk, der nur mit Hilfe der Feuerwehr wieder aufgerichtet werden konnte. Ein Autofahrer, der bei Regen in einem Rübenacker gestrandet war und alleine nicht mehr herauskam. Solche Sachen eben. Ein außer Kontrolle geratenes Lagerfeuer, das ein angrenzendes Waldstück in Brand gesetzt hatte, war der bisher spektakulärste Einsatz gewesen.

Die heutige Nacht verspricht endlich einmal einen „richtigen" Einsatz. Der Wetterdienst hat eine schwere Regenfront mit Sturmböen gemeldet. Es ist mit umgestürzten Bäumen und Überschwemmungen zu rechnen. Deshalb hat sich Sebastian freiwillig zum Dienst gemeldet.

Doch bisher tut sich wenig. Das linde Lüftchen, das die Blätter an den Bäumen nur sachte schaukelt, ist kaum als Wind zu bezeichnen. Auch von Regen weit und breit keine Spur.

Sebastian hockt mit drei Kollegen am Tisch und drischt einen Schafkopf, um sich die Zeit zu vertreiben. Der fünfte, Ludwig, hämmert auf den einzigen PC ein, der in der Dienststelle auf einem wackligen Schreibtisch steht. Ihn hat heute das Los getroffen, die überfälligen Berichte zu verfassen. Alle Männer hassen diese Schreiberei. Deshalb wird immer ausgelost, wer sich - wenn sie „nur" Bereitschaft haben - darum kümmern muss.

„Habt ihr schon gehört? Leo wird Vater!", erzählt Sebastian plötzlich.

„Ach was - woher weißt du denn *das* schon wieder?", fragt Jochen neugierig. Er klaubt die Spielkarten auf dem Tisch zusammen und beginnt, sie zu mischen.

„Von seiner Frau". Sebastian grinst. „Wir sind zusammen zur Schule gegangen - ich habe sie neulich in der Stadt getroffen."

„Na, hoffentlich weiß *er* es dann auch schon!" Die Männer lachen.

„Verdammter Mist", flucht Ludwig plötzlich.

„Was ist - bist du schon wieder auf den Seiten mit dem Schweinkram gelandet?" Pieter grinst hinterhältig.

Ludwig ist der Älteste der Truppe und nicht gerade ein As im Umgang mit der Elektronik. Ihm ist es schon mehrfach passiert, dass das Programm abgestürzt ist, weil er versehentlich irgendwelche Pornoseiten aufgerufen hat - eine Quelle ständiger Erheiterung für seine Kollegen.

Pieter, ein „Zugereister" aus Bremerhaven, den die Liebe vor fünf Jahren hierher in die Walachei verschlagen hat, beugt sich über Ludwig. Er ist im Hauptberuf IT-Spezialist und dafür zuständig, den PC wieder flottzumachen, wenn es irgendwo klemmt. Was mindestens einmal pro Woche passiert. Und meistens dann, wenn Ludwig gerade das Gerät malträtiert.

Noch bevor Pieter feststellen kann, was diesmal wieder los ist, wird es in der Dienststelle plötzlich lebendig.

Das Telefon auf dem Schreibtisch klingelt schrill. Gleichzeitig heulen im ganzen Ort die Sirenen los, mit denen hier auf dem Land noch immer die Bevölkerung vor drohenden Gefahren gewarnt wird. Seemöwen kreischen - der Klingelton von Pieters Handy. Und - als wäre das immer noch nicht genug - klappern an den Fenstern die hölzernen Läden. Der Sturm ist da.

Pieter hält sich nicht damit auf, den PC herunterzufahren. Dazu ist keine Zeit. Kurzerhand reißt er den Stecker aus der Dose. Der Computer protestiert mit lautem Piepsen gegen diese ungewohnte Behandlung, bevor der Bildschirm schlagartig schwarz wird.

In Windeseile, aber ohne Hast - schließlich wird das Szenario immer wieder geübt - steigen die Männer in ihre Schutzanzüge, setzen die Helme auf. Schwere Stiefel und Warnwesten, die nachts das Licht reflektieren, vervollkommnen die Ausrüstung. Nur wenige Minuten nach dem Alarm stürmen sie zu ihren Einsatzfahrzeugen.

Draußen ist inzwischen die Hölle los. Der Sturm hat sich zu Orkanstärke aufgeblasen. Bäume biegen sich bis zum Boden. Überall ist das Knacken und Krachen brechender Äste und Stämme zu hören. Schwere Regentropfen klatschen waagerecht gegen die Gesichter der Feuerwehrleute, gegen die Windschutzscheiben der Fahrzeuge. Die Scheibenwischer haben Mühe, die Flut zu bändigen.

Der Einsatzort der Männer ist ein kleines Bächlein neben der neuen Ortsumgehung. Normalerweise ist das ein Rinnsal, in dem - wie böse Zungen behaupten - die Forellen hochkant schwimmen müssen, weil sie sonst an den Ufern anstoßen. Doch als die Männer ankommen, ist der Bach bereits dabei, sein Bett zu verlassen. Braune, schlammige Brühe kriecht über den schmalen Uferstreifen, der den Bach von der Straße trennt. Quer über die Straße, mit der Krone im Wasser, hängt eine Fichte, die der Sturm umgerissen hat. Unter dem Stamm eingeklemmt ein Auto mit drei Insassen.

Die drei jungen Leute haben Glück im Unglück. Der Stamm hat das Dach nicht mit voller Wucht getroffen. Allerdings können sie den Wagen nicht verlassen - die Türen sind hoffnungslos verklemmt. Ängstliche Gesichter starren den Feuerwehrleuten entgegen.

Ludwig macht sich sofort daran, mit einer Rettungsschere die Fahrertüre des Wagens zu öffnen. Sie liegt auf der dem Bach abgewandten Seite. Pieter und Sebastian holen eine Motorsäge, um die Fichte zu zerlegen. Jochen und Hannes, Ludwigs jüngerer Bruder, schleppen die abgesägten Teile zur Seite, damit die Straße wieder frei wird. Schwerstarbeit. Innerhalb weniger Minuten sind alle in Schweiß gebadet.

Die Helfer haben keine Zeit, die Dankesbezeigungen der geretteten Fahrzeuginsassen entgegenzunehmen. Der nächste Einsatz wartet.

Nur wenige hundert Meter entfernt steht ein Mann bis zu den Knien im Bachbett und kämpft darum, seinen Hund aus dem Wasser zu bergen. Doch die reißende Strömung macht ihm einen Strich durch die Rechnung. Das Tier wird immer weiter abgetrieben.

Jochen wirft dem Mann ein Seil zu, um ihn damit aus dem Bach zu ziehen. Pieter und Sebastian rennen am Ufer entlang, um den heftig paddelnden Golden Retriever nicht aus den Augen zu verlieren.

Dann - fünfzig, sechzig Meter weiter abwärts - wird die Strömung durch die Krone eines im Wasser hängenden Laubbaumes gebremst. Der Hund verfängt sich, hilflos strampelnd, in den Zweigen.

Pieter nimmt ein mitgebrachtes Tau, rollt es wie ein Lasso zusammen und zielt damit nach dem Kopf des Tieres. Es ist ungeheuer schwer bei diesem Sturm. Doch nach mehreren vergeblichen Versuchen schafft er es doch, dem Hund das Seil überzuwerfen. Nun muss er aufpassen, dass er nicht zu fest anzieht - sonst würde das Tier ersticken.

Kurzerhand springt er in den Bach, immer darauf bedacht, das Seil nicht zu straff zu spannen. Der Hund hat aufgehört, wie wild herumzuzappeln, als wüsste er, dass er damit dem Retter die Arbeit unnötig erschwert. Als Pieter ihn erreicht hat, packt er ihn am Halsband und bugsiert ihn mit Sebastians Hilfe, der am Ufer wartet, an Land. *Gerettet!*

„Alle Achtung", bemerkt Sebastian anerkennend. „Wo hast du Lasso werfen gelernt?"

„Ich bin Mitglied im Western-Club in Hegern." Pieter grinst. Hegern ist der Nachbarort. Noch kleiner als Niedersuhlen. Ein Bauernhof, neun Häuser, eine Kirche. Und die Gastwirtschaft. Mehr nicht. Aber es gibt einen Western-Club. Der hat mehr Mitglieder als der Ort Einwohner.

Blitze zucken, tauchen den Wald und die Einsatzkräfte in gespenstisches Licht.   Donner grollt. Aber er wird leiser. Das Gewitter ist auf dem Rückzug. Nur der Sturm heult immer noch mit unverminderter Kraft.

„Los, Leute, beeilt euch!" Ludwigs Stimme ruft seine Mannen zusammen. „Wir müssen los. Drüben an der Brücke brauchen sie uns."

Die Männer springen in ihre Fahrzeuge und rasen los. Als sie ankommen, erfahren sie, dass ein fünfjähriges Mädchen vermisst wird. Das Kind war mit seiner Mutter auf dem Heimweg von einer Familienfeier. Als die beiden die Holzbrücke überqueren wollten, die an dieser Stelle über den Bach führt, ist die Kleine auf den regennassen Planken ausgerutscht, unter dem Geländer hindurch in den Bach gestürzt und von der Strömung mitgerissen worden.

Die Frau steht am gegenüber liegenden Bachufer, das Gesicht in den Händen vergraben. Ihre zuckenden Schultern verraten, dass sie weint. Die Hosenbeine ihrer hellen Jeans sind bis über die Knie klatschnass. Offenbar war sie sofort in den Bach gesprungen, um ihre Tochter herauszuziehen. Doch die Strömung war stärker.

Sebastian ist der erste, der vom Einsatzwagen springt. Er läuft auf die weinende Frau zu. Anita. Seine Frau. Das verschwundene Mädchen ist - seine Tochter.

Die ganze Nacht suchen die Feuerwehrleute, zusammen mit vielen Freiwilligen aus Niedersuhlen und den Nachbarorten, die Flussufer und die nähere Umgebung ab. Gegen Morgen finden sie das Kind. Die Kleine ist tot. Ertrunken ...

Vergeltung

Ihre Schwester hatte es ihr schon vor Wochen erzählt. Ronny betrog sie. Mit Ines. Zufällig hatte Kathi die beiden gesehen. Auf einer Decke am Baggersee, versteckt hinter großen Büschen. Sie waren so miteinander beschäftigt, dass die Welt um sie herum nicht mehr existierte.

Sandra hatte es nicht glauben wollen. Bis ihre Schwester ihr ein heimlich aufgenommenes Handyfoto als Beweis präsentierte.

Seit ihrem 14. Geburtstag vor zwei Jahren waren sie zusammen gegangen. Nun war es vorbei. Und der verdammte Feigling hatte es nicht einmal fertig gebracht, es ihr zu sagen.

Ines war vor ein paar Monaten neu ans Gymnasium gekommen. Ihre Eltern waren aus der Großstadt hierher an den Stadtrand gezogen - in einen Bungalow mit Swimming-Pool, Sauna und einem parkähnlichen Garten.

Schon am ersten Tag war Ines vom Chauffeur ihres Vaters zur Schule gebracht worden. Von dem Augenblick an, als sie der schweren Limousine entstiegen und auf schwindelerregend hohen Absätzen in das Schulgebäude stolziert war, hatte sie, Sandra, verloren. Ronny war mit fliegenden Fahnen zu Ines übergelaufen.

Sie hatte nicht versucht, ihn zurückzugewinnen. Mit einem steinreichen Vater, der seiner einzigen Tochter jeden Wunsch von den Augen ablas, konnte sie nicht konkurrieren.

Das Leben wäre irgendwie weitergegangen, wenn - ja, wenn Ronny und Ines nicht auch noch angefangen hätten, sie vor der ganzen Klasse lächerlich zu machen.

Zuerst begannen die Klassenkameraden sie zu hänseln. Dann schnitten sie sie. Getuschel, unterbrochene

Gespräche, wenn sie das Zimmer betrat, zerrissene Schulhefte folgten. Ein paar Jungs verfolgten sie auf dem Heimweg. Zogen sie an den Haaren, warfen ihr Obszönitäten an den Kopf, entrissen ihr das Handy und warfen es in den Feuerwehrteich.

Das alles hätte Sandra ertragen - aber heute Nachmittag hatte ihre jüngere Schwester sie zum Computer geholt und ihr die Nacktfotos gezeigt, die irgendwer von ihr in das Netz gestellt hatte - auf ihren Account, den sie vor zwei Jahren mit Hilfe von Ronny eingerichtet, aber selten benutzt hatte.

Manipulierte Bilder - aber deshalb nicht weniger schlimm. Die gemeinen Kommentare ihrer angeblichen „Freunde" hatten ihr dann den Rest gegeben.

Blind vor Wut und Enttäuschung starrte sie minutenlang den Bildschirm an. Dann handelte sie. Wie unter Zwang und mit einer Eiseskälte, die sie sich niemals zugetraut hätte.

Sie lief hinunter in den Keller, wo ihr Vater, ein Sportschütze, seine Waffen eingeschlossen hatte. Den Schlüssel zum Waffenschrank hatte sie irgendwann einmal durch Zufall entdeckt. Sie holte ihn, nahm sich aus dem Waffenschrank eine großkalibrige Pistole und ein Magazin mit Munition. Die hätte zwar von Rechts wegen in einem anderen Schrank eingeschlossen sein müssen - aber damit nahm es ihr Vater nicht so genau.

Nachdem sie den Schrank wieder sorgfältig abgeschlossen und den Schlüssel an seinen Platz gelegt hatte, lud sie die Waffe und verstaute sie in ihrem schwarzen Cityrucksack.

Niemand hinderte Sandra daran, das Haus zu verlassen. Ihr Vater - Fernfahrer bei einer Spedition - war auf dem Weg nach Italien, ihre Mutter beim Friseur, und ihre Schwester kümmerte sich selten darum, was sie tat.

Zielstrebig steuerte sie den Jugendtreff an, in dem sich am Nachmittag die meisten ihrer Mitschüler trafen, um Hausaufgaben zu machen, Tischtennis oder Fußball zu spielen, Musik zu hören, zu tanzen und in den Ecken herumzuknutschen, sobald die Betreuer nicht hinsahen.

Sie kannte sich gut aus, war sie doch oft mit Ronny hier gewesen, bevor Ines auf der Bildfläche erschien. Keiner hielt sie auf, als sie durch den langen Gang lief, an dessen Ende der Raum lag, in dem sie ihre Klassenkameraden vermutete.

Die Türe war nur angelehnt. Einige der Anwesenden sahen auf, als sie eintrat, drehten ihr sofort demonstrativ den Rücken zu. Dann entdeckte sie die beiden. Ronny und Ines. In inniger Umarmung, ganz hinten.

Sie langte in ihren Rucksack, nahm die geladene Waffe heraus.

„Umdrehen. Alle! Mit dem Gesicht zu mir!", kommandierte sie mit kalter, unpersönlicher Stimme, die nichts von ihrer Wut, ihrer bitteren Enttäuschung verriet.

Der Sicherungshebel klickte. Erstaunte, erschrockene, ängstliche, schockierte Gesichter starrten sie an.

Sie suchte mit den Blicken nur ein Gesicht: das von Ronny. Er sah ihr in die Augen. Trotzig. Überlegen. Grinste arrogant.

Eines der Mädchen stieß einen gellenden Schrei aus.

Sandra zog den Abzugshebel durch. Der Widerhall der Schüsse war im ganzen Haus zu hören. Als das Magazin leer war, ließ sie die Waffe einfach fallen. Drehte sich um und ging.

Außer dem Schrecken kam niemand zu Schaden. Sie hatte die Pistole mit Platzpatronen geladen.

***

Vollmond

Die Brücke war hoch. Sehr hoch. Sie stand am Geländer und starrte hinunter. Dunkelheit umgab sie wie ein schwarzes Tuch. Unter ihr plätscherte das Wasser des Flusses. Der Vollmond spiegelte sich darin. Nicht rund und glänzend wie am Himmel. Die Wellenbewegung des Wassers teilte das Mondlicht, fügte es wieder zusammen, verschob es. Immer wieder. Stetig. Unaufhörlich. Hypnotisch.

Wie lange stand sie schon hier? Warum? Was war das für ein Fluss? In welcher Stadt? Sie wusste es nicht mehr. Wollte es gar nicht wissen. Wozu?

War es gestern gewesen? Vorgestern? Vor einer Woche? Wann war er verschwunden? Und warum? Fragen über Fragen. Aber keine Antwort.

Sie war nach Hause gekommen. Irgendwann. Nach einem langen Tag. Und sie fand - nichts mehr. Nichts, was an ihn erinnerte. Er hatte alles mitgenommen. Seine Kleider, seine Wäsche. Die Bücher. Die Plattensammlung. Das Rasierwasser und die Zahnbürste. Und war gegangen. Nach 30 gemeinsamen Jahren. Einfach so. Ohne ein Wort.

Nichts hatte darauf hingedeutet. Keine Meinungsverschiedenheit. Keine Diskussion. *Nichts.*

Am Morgen hatten sie gemeinsam gefrühstückt. Sie, Helen, hatte die Wohnung als Erste verlassen. Sie musste um acht im Büro sein. Michael hatte heute Spätdienst. Am Abend wollten sie feiern. Bei „ihrem" Chinesen. Ihren dreißigsten Hochzeitstag. Aber er war weg. Das Licht in ihrem Leben war erloschen.

Sie fragte sich nicht, ob er eine andere hatte. Ob er seine Frau satt hatte, seine Arbeit, seine Freunde. Sie empfand weder Angst noch Wut oder Enttäuschung. Nur eisige Kälte. Als wäre sie innerlich erfroren.

Wie eine Marionette ging sie an ihren Kleiderschrank. Ferngelenkt - nicht von ihrem eigenen Willen. Holte einen Koffer, klappte ihn auf. Systematisch, ordentlich, wie es ihre Art war, packte sie zwei Paar Schuhe, Wäsche, Strümpfe, Handtücher, mehrere Hosen, T-Shirts ein. Nicht hektisch. Warum auch? Sie hatte alle Zeit der Welt. Aus dem Bad holte sie ihre Toilettenartikel. Legte sie obendrauf. Noch einen Pullover, falls es kalt wurde. Ihre Regenjacke. Dann zog sie den Reißverschluss zu.

Sie ging zum Telefon und rief ein Taxi. Während sie auf den Wagen wartete, holte sie aus dem Tresor ihren Pass. Etwas Bargeld, das sie für Notfälle hier aufbewahrte. Scheckkarte. Kreditkarte. Verstaute alles in ihrer Handtasche. Den Tresorschlüssel ließ sie stecken. Es war nichts Wichtiges mehr darin.

Sie hörte das Taxi draußen vorfahren. Nahm ihren Hausschlüssel und das Gepäck. Sorgfältig schloss sie hinter sich ab. Auch das Sicherheitsschloss. Wie sie es immer tat, wenn sie längere Zeit verreiste. Den Schlüssel warf sie draußen in den Briefkasten. Sie hatte nicht die Absicht, zurückzukommen.

„Flughafen oder Hauptbahnhof?", fragte der Taxifahrer beim Anblick ihres Koffers. Keiner von den Dauerschwätzern. Gott sei Dank.

„Hauptbahnhof", gab sie genauso einsilbig zur Antwort.

Eine Viertelstunde später entlohnte sie den Fahrer. Stieg aus dem Wagen. Betrat den Bahnhof. Am Automaten löste sie eine Fahrkarte. Tippte irgendwelche Tasten. Bezahlte mit der Kreditkarte. Auf der ausgedruckten Fahrkarte las sie „München". In Ordnung. Es war ihr egal.

Sie erwischte den letzten Zug, der heute Abend noch nach München fuhr. Der Waggon war fast leer. Gut so. Sie setzte sich irgendwo hin. Schloss die Augen. Sie wollte mit niemandem reden. Nur noch ein kurzes Gespräch mit dem Schaffner, der die Fahrkarten kontrollierte.

„Gute Reise, und schöne Ferien."

„Vielen Dank." Dann war es wieder still.

Am Münchner Hauptbahnhof stieg sie aus. Ihr Gepäck deponierte sie in einem Schließfach. Sie würde es holen. Irgendwann.

Ziellos lief sie durch die Straßen, die - obwohl Mitternacht längst vorüber war - noch von überraschend vielen Menschen bevölkert wurden.

Irgendwann stand sie dann auf der Brücke. Dunkelheit umgab sie wie ein schwarzes Tuch. Unter ihr plätscherte das Wasser des Flusses. Der Vollmond spiegelte sich darin. Nicht rund und glänzend wie am Himmel. Die Wellenbewegung des Wassers teilte das Mondlicht, fügte es wieder zusammen, verschob es. Immer wieder. Stetig. Unaufhörlich. Hypnotisch.

Es war so einfach. *Sie würde es tun. Jetzt. Sofort.*

Mit Schwung warf sie den Schlüssel des Schließfachs ins Wasser. Ihre Handtasche hinterher. Zog ihre Schuhe aus. Kletterte auf das Brückengeländer.

Hinter ihr Rufe von Menschen:

„Was haben Sie vor? Tun Sie es nicht! Kommen Sie zurück!"

Schnelle Schritte. Arme, die nach ihr griffen. Sie aufhalten wollten.

Zu spät. Sie fiel. Direkt in das Licht des Vollmonds, das auf dem Fluss tanzte.

Die Mine

Sie waren neun. Neun von zweiunddreißig, die zu Schichtbeginn in die Grube eingefahren waren. Was aus den anderen geworden war, nach der schweren Methangas-Explosion, wussten sie nicht. Sie konnten nur hoffen, dass die Kumpel irgendwie nach oben gelangt waren. Sie selbst hatten es nicht mehr geschafft. Immerhin konnten sie in einen der Schutzräume flüchten, von denen es hier unten mehrere gab.

Wie lange sie schon in der Finsternis saßen, hundertvierzig Meter unter der Erde, konnte niemand von ihnen sagen. Sie wussten nicht einmal, ob es Tag oder Nacht war.

Längst war die Notbeleuchtung ausgefallen. Der Generator hatte irgendwann den Geist aufgegeben. Eine Uhr hatte keiner von ihnen. Wozu auch? Stets hatte ein lautes Signal den Beginn und das Ende der Schicht und der Pausen verkündet.

Anton, der Älteste von ihnen und gleichzeitig der Schichtführer, hatte immerhin noch eine Stablampe. Aber die gab er nicht aus der Hand, hütete sie wie seinen Augapfel und setzte sie nur in Gang, wenn es nicht zu vermeiden war. Wenn einer von ihnen ein dringendes Bedürfnis verspürte, zum Beispiel. Dann wurde kurzfristig die schwere Türe geöffnet, die den Schutzraum von der eigentlichen Mine abschottete. Der Betreffende erledigte draußen sein Geschäft (andernfalls wäre der Gestank in dem kleinen Raum unerträglich geworden), und die Türe wurde wieder geschlossen.

Es war einfach zu gefährlich, sich länger draußen aufzuhalten. Niemand konnte vorhersagen, ob sich nicht noch eine weitere Explosion ereignete. Oder ein Wassereinbruch. Hier waren sie immerhin relativ sicher.

Zu essen hatten sie schon lange nichts mehr. Der Schichtführer hatte die vorhandenen Frühstücksbrote, Kekse, Schokolade, Würstchen rationiert, damit sie möglichst lange reichten. Aber nun war längst alles aufgegessen. Lediglich zwei Mineralwasserflaschen waren noch da, an denen sie abwechselnd ihre Lippen befeuchteten.

Anfangs war die Stimmung noch fast euphorisch - als sie hofften, dass sie in kürzester Zeit von ihren Kollegen geortet und gerettet werden würden. Doch je weiter die Zeit fortschritt, desto tiefer sank die Laune. Jetzt war sie nahe am Nullpunkt. Der Schichtführer hatte alle Mühe, verbale und handgreifliche Streitereien zu unterbinden. Ohne ihn und seien besonnene Art hätte es vermutlich schon Verletzte gegeben.

Jetzt stand er von der Eckbank auf, die seit unbestimmter Zeit sein Sitzplatz war, schaltete seine Stablampe ein, nahm einen Vorschlaghammer, der griffbereit neben ihm gelegen hatte, und schlug damit gegen die Wand. Dreimal kurz, dreimal lang, dreimal kurz. Das internationale Morsezeichen für „SOS". Dreimal „sendete" er. Dann legte er den Hammer wieder auf die Bank. Alle hielten den Atem an und warteten auf ein Zeichen, dass irgend jemand ihren Hilferuf gehört hatte. Vergeblich.

„Ich habe Angst! Ich will hier raus! *Jetzt! Sofort!*" Die Stimme des Jüngsten von ihnen schrillte urplötzlich wie eine Kreissäge in der Stille.

„Halt's Maul!", brüllte ein anderer genervt. „Das wollen wir alle!"

„Sei still, Roland!", ermahnte der Schichtführer energisch den Älteren. „Benni ist das erste Mal in so einer Situation. Denk doch mal dran, wie du dich gefühlt hast, als du zum ersten Mal unter Tage eingeschlossen warst!" Dann wandte er sich an Benjamin. Der Junge war gerade einundzwanzig geworden, seit ein paar Wochen verheiratet, und seine junge Frau erwartete ihr erstes Kind. Kein Wunder, dass er so am Boden war.

„Wir haben alle Angst, Benni", sagte Anton. „Aber davon dürfen wir uns nicht beherrschen lassen. Sonst drehen wir durch, und das dürfen wir nicht. Versuch einfach, an etwas Schönes zu denken. Und gib die Hoffnung nicht auf. Sie *werden* uns finden!" In welchem Zustand sie dann allerdings sein würden, behielt er lieber für sich. Lange konnten sie nicht mehr durchhalten, ohne Essen und fast ohne Wasser ...

„Psssst!", zischte plötzlich einer, der genau neben der Türe saß. „Ich höre irgendwas!"

Atemlose Stille senkte sich über den kleinen Raum. Dann hörten sie es alle: Klopfzeichen. Leise, sehr weit entfernt, aber unverkennbar Klopfzeichen. Der Schichtführer lauschte hochkonzentriert. Dann knipste er seine Lampe an, ergriff den Vorschlaghammer, morste eine Antwort, lauschte wieder. Niemand sprach. Das Klopfen von oben hörte plötzlich auf. Die Stille war mit Händen zu greifen.

„Was ist? Haben sie uns gefunden?" Bruno, ein kleiner, stämmiger Mann mit krausen schwarzen Locken, wagte endlich, die Frage zu stellen, die allen auf der Seele brannte.

Anton holte tief Luft.

„Ja, sie haben uns geortet." Er hob die Hand, um den aufbrandenden Beifall abzuschneiden. „Aber es wird noch dauern, bis sie uns rausholen können. Durch die Explosion ist über uns alles verschüttet. Sie werden erst einmal einen Versorgungsschacht bohren, damit sie uns Lebensmittel und Getränke herunterlassen können, und gleichzeitig einen Rettungsschacht. Bis der allerdings fertig ist, können noch Tage oder Wochen vergehen!" Er schaltete seine Lampe wieder aus und setzte sich.

Ernüchterung machte sich unter den Kumpeln breit. Sie wussten alle, was das hieß. Doch die Hoffnung überwog. Was bedeuteten noch ein paar weitere Tage hier unten, wenn die Rettung in Sicht war?

Um es kurz zu machen: Es dauerte genau vier Tage, bis ein Versorgungsschacht nach unten in den Schutzraum gelegt war. Schmal, im Durchmesser nicht viel größer als ein dickes Wasserrohr. Aber es genügte. Nach und nach wurden Getränkeflaschen, Brot, Marmelade, Butter, Wurst und Käse - in Folie eingeschweißt - zu ihnen heruntergelassen. Sogar Seife und Zahnpasta waren dabei. Dass die Eingeschlossenen zum Waschen Mineralwasser benutzen mussten, störte niemanden. Jetzt war ja der Nachschub gesichert.

Batteriebetriebene Lampen, Zettelchen mit Nachrichten von Angehörigen, Tageszeitungen, Grüße von Politikern und Medienvertretern aus aller Welt fanden den Weg nach unten.

Auf dem Rückweg schrieben die Kumpel an ihre Frauen, Freundinnen, Familien. Auf diesem Weg erfuhren sie nicht nur, dass ihre Kollegen, die mit ihnen in den Schacht eingefahren waren, alle unversehrt die Mine verlassen konnten, sondern auch, dass Benni, der Jüngste, inzwischen Vater eines Zwillingspärchens geworden war.

Fünf lange Wochen mussten die Kumpel ausharren, bis sie endlich von oben die Meldung erhielten, dass der Bergungsssschacht nun fertig war, und in Kürze ein Rettungskorb zu ihnen hinuntergelassen würde.

Und dann kam er. Ein einfacher Drahtkäfig, wie ein runder Hundezwinger, gerade groß genug, dass ein Mann darin Platz fand.

Es gab kein Gerangel. Sie hatten so viel miteinander durchgestanden, dass es jetzt auch nicht mehr darauf ankam, wer von ihnen zuerst nach oben fahren durfte.

Ohne auch nur ein Wort zu verlieren, schoben sie den jungen Benjamin in den Korb, verriegelten diesen, und wünschten ihrem Kumpel „Glück auf!"

Anton, der Schichtführer, war der letzte. Wie es sich für einen guten Kapitän gehört. Er wickelte einen dicken Draht um den Eingang des Gehäuses - verriegeln konnte er es von innen nicht -, und gab das Zeichen, ihn nach oben zu ziehen.

Langsam, ganz langsam glitt der Korb durch den engen Schacht in Richtung Freiheit. Nur noch wenige Meter, dann hatte auch er es geschafft.

Ein ohrenbetäubender Krach zerriss urplötzlich die Luft. Der Korb begann gefährlich zu schwanken, stieß gegen die Wand des Schachts. Ein Ruck. Und dann sauste der Korb mit rasender Geschwindigkeit nach unten. Anton merkte nichts mehr davon.

Das Wiedersehen

Er vermied es nach Möglichkeit, die Abkürzung durch den Park zu nehmen. Erst recht um diese Jahreszeit, wenn es am Abend schon sehr früh dunkel wurde.

Heute jedoch blieb ihm nichts anderes übrig, wenn er noch rechtzeitig bei Sabine sein wollte. Sie waren fürs Theater verabredet, und er hatte versprochen, sie abzuholen. Ihm blieb ohnehin kaum noch Zeit zum Duschen und Umkleiden. Ausgerechnet heute hatte ihn eine Kundin endlos in der Bank festgehalten - eine mit ihren Finanzen völlig überforderte ältere Dame, deren Mann erst kürzlich verstorben war.

Mit schnellen Schritten eilte Benedikt den Kiesweg entlang, vorbei an herbstlich bepflanzten Blumenrabatten, die im trüben Licht der wenigen Laternen nur schwach zu erkennen waren. Linker Hand rauschte der Fluss, sonst war es still. Niemand außer ihm schien mehr unterwegs zu sein. Kein Wunder - hier trieb sich allerlei zwielichtiges Gesindel herum, dem man tunlichst aus dem Weg ging. Erst vor einer Woche war ganz in der Nähe wieder eine Joggerin überfallen worden.

„Wenigstens das kann mir nicht passieren - ich jogge nicht", dachte Benedikt mit Galgenhumor. Dennoch konnte er ein mulmiges Gefühl nicht abschütteln, als er sich der U-Bahn-Station näherte. Gleich daneben überquerte eine Brücke den Park, die in der ganzen Stadt als „Obdachlosencamp" verschrien war. Es gab Gerüchte, dass dort auch einige Drogenhändler ihre Geschäfte abwickelten.

Die Stimmen der „Berber", wie die Wohnungslosen sich selbst bezeichneten, waren bereits deutlich zu hören. Auch Frauen schienen darunter zu sein.

Dann erreichte er das Lager. Überrascht blieb er stehen. Das Bild, das sich ihm bot, war verblüffend.

Die Obdachlosen hatten sich geradezu häuslich eingerichtet und ein „Wohnzimmer" hier installiert. Zwei Sofas, vermutlich vom Sperrmüll, mit ausgefransten Decken darüber. Mehrere Campingstühle, gruppiert um einen runden Holztisch. Etwas entfernt davon, optisch abgetrennt durch einen löchrigen Vorhangstoff, den man kurzerhand über eine Wäscheleine geworfen hatte, lagen sechs Matratzen, ordentlich aufgereiht, mit Kissen und Schlafsäcken bestückt. Der „Schlafraum".

Lebensmittel, Weinflaschen, Zeitungen, und sogar ein kleiner, batteriebetriebener Fernseher komplettierten die provisorische Behausung. Selbst an Licht mangelte es nicht. Unzählige Wachskerzen in leeren Weinflaschen beleuchteten die Szenerie.

Zwei Frauen und drei Männer in unterschiedlichen Stadien der Trunkenheit lümmelten in den Sitzgelegenheiten, in warme Anoraks und dicke Stiefel gekleidet - die Nächte konnten um diese Zeit schon empfindlich kalt sein. Ein vierter Mann lehnte an einem Brückenpfeiler, eine Gitarre in der Hand, auf der er gespielt hatte, bevor Benedikt aufgetaucht war. Neben ihm lag schlafend ein Schäferhund auf einer karierten Decke.

„Na, willste hier bei uns einziehen, oder haste dich verlaufen? Oder biste gekommen, um uns ein Bettchen bei der Heilsarmee anzubieten?", wollte der Gitarrist wissen. „Dann kannte gleich wieder abhauen - wir gehen hier nicht weg!" Die anderen nickten bestätigend.

Benedikt runzelte die Stirn. Irgend etwas an diesem Mann kam ihm bekannt vor. Als hätte er ihn schon irgendwo gesehen. Es musste lange her sein. Aber wo? Und wann?

Nachdenklich musterte er ihn. Zotteliges, graues Haar, in einen schlampigen Pferdeschwanz gebunden. Der ebenfalls graue Bart hing ihm bis auf die Brust und verbarg den größten Teil seines wettergegerbten Gesichts. Offene blaue Jacke, darunter ein kariertes Holzfällerhemd. Braune, fleckige Cowboystiefel.

„Na, Yuppie, nu kannste mich aber bei der Polizei bestimmt ganz genau beschreiben", bemerkte der Obdachlose spöttisch.

Er legte seine Gitarre beiseite, stieg über den schlafenden Hund und kam langsam auf Benedikt zu. Seine Freunde rührten sich nicht. Durchdringender Geruch nach ungewaschenem Körper, Alkohol, Zigarettenrauch, ranzigem Fett und Knoblauch stieg Benedikt in die Nase, als der Penner dicht vor ihm stehen blieb. Angewidert versuchte er, sich abzuwenden.

„Du erinnerst dich also nicht an mich?" Der Bärtige packte Benedikt am Aufschlag seines Blazers und hielt ihn fest.

„Nicht, dass ich wüsste", gab Benedikt zur Antwort. „Leute wie du zählen normalerweise nicht zu meinem Bekanntenkreis!"

„Schade. Wirklich schade! Mein Name ist Nick. Ich bin dein Vater!"

Der steinerne Fluss

Fasziniert steht Toni Kröger vor der mächtigen Rinne, die sich, knapp unterhalb des Berggipfels beginnend, steil und kerzengerade bis ins Tal hinunterzieht, um dort in einen breiten Gebirgsbach überzugehen. Dreißig, vierzig Meter vom Ufer entfernt kann er durchs Fernglas den Bauernhof erkennen, von dem aus er heute Morgen aufgebrochen ist. Er gehört Lieselotte Baumgärtel und liegt am Rande von Himmelsbach, einem idyllischen Dörfchen in den Bayerischen Alpen. Himmelsbach ist eine Oase der Ruhe mit nur wenigen Häusern, ein paar Bauernhöfen, einer Gastwirtschaft und der Kirche. Der ideale Ort für einen hektischen Zeitungsreporter, um abzuschalten und neue Kräfte zu tanken.

Seufzend wischt Toni sich mit dem Hemdsärmel den Schweiß von der Stirn. Die ungewohnte Höhe und die dünne Luft machen ihm, dem „Nordlicht", ziemlich zu schaffen. Dort, wo er zu Hause ist, bezeichnet man schon einen Buckel in der Landschaft großspurig als „Berg". Hierzulande würde man ihn allerhöchstens einen Maulwurfshügel nennen.

Er setzt sich auf einen Felsvorsprung am Rande der Rinne und nimmt einen großen Schluck aus einer der Wasserflaschen, die er in seinem Rucksack mitschleppt. Während er die mitgebrachte Brotzeit genüsslich verspeist, denkt er an die seltsame Geschichte, die Hannchen, die Tochter der Bäuerin, ihm vorgestern beim Abendessen erzählt, und die ihn veranlasst hat, heute hier heraufzuklettern. Die Geschichte des Gebirgsbaches, der von den Dorfbewohnern ehrfürchtig „Steinerner Fluss" genannt wird.

Niemand konnte sich mehr daran erinnern, wann der Fluss zum letzten Mal Wasser geführt hatte. Nicht einmal Großvater Bepperl, wie der alte Josef Birnrieder im ganzen Dorf genannt wurde. Und der war immerhin dreiundneunzig.

In all dieser Zeit hatte es zwar immer wieder geregnet, aber niemals war der Fluss zum Leben erwacht. Selbst während der Schneeschmelze nicht. Das Wasser suchte sich seinen Weg im Inneren des Berges, um dann irgendwo unterhalb der Rinne wieder zutage zu treten. Warum das so war, konnte niemand erklären. Aber es ging das Gerücht um, dass vor mehr als hundert Jahren eine Hexe diesen Fluss verflucht hatte. Die abergläubischen Dorfbewohner wagten sich nie in die Nähe des steinernen Flusses, um nicht selbst in den Bann des Fluches zu geraten.

Lieselotte Baumgärtel und ihre Tochter hatten Toni eindringlich davor gewarnt, hier heraufzusteigen. Jeder, der jemals versucht hatte, hinter das Geheimnis der Felsenrinne zu kommen, sei von dort oben nicht mehr zurückgekehrt.

„Du lieber Gott - wollen Sie mir erzählen, dass Sie diesen Unsinn tatsächlich glauben?", hatte Toni heute Morgen beim Frühstück erstaunt gefragt.

Statt einer Antwort ging die Bäuerin aus dem Zimmer. Wenig später kam sie mit einem Paar Bergstiefeln und Teleskopstöcken zurück. „Ziehen Sie die wenigstens an. Sie können oben in den Felsen nicht mit Turnschuhen herumklettern. - In den Rucksack habe ich Ihnen eine Brotzeit und zwei Flaschen Wasser gepackt. Sie werden sie brauchen." Ohne eine Antwort abzuwarten, verschwand die Bäuerin. Kurz darauf sah Toni sie draußen die Hühner füttern.

„Was hat Ihre Mutter denn?", fragte Toni kurz darauf, als Hannchen, die hübsche blonde Tochter der Bäuerin, den Frühstücksraum betrat, um ihm die bestellten Rühreier zu bringen.

„Sie macht sich Sorgen Ihretwegen", antwortete Hannchen. „Mein Vater ist vor zwei Jahren oben in der Rinne tödlich verunglückt. Die Wanderschuhe stammen von ihm. Guten Appetit, und - passen Sie auf sich auf!" Weg war sie. Deshalb also. Kein Wunder, dass die beiden Frauen versucht hatten, ihn von seinem Vorhaben abzubringen!

Doch Tonis Neugierde ist geweckt. Er ist zwar im Urlaub - aber *„Ein Reporter ist immer im Dienst"*, pflegte ihm der Chefredakteur der Zeitung, bei der er sein Volontariat absolviert hatte, ständig zu predigen.

Außerdem glaubt er weder an Hexen noch an parapsychologische Erscheinungen. Und nun steht er also hier oben. Des Rätsels Lösung ist er allerdings noch nicht viel näher gekommen.

Interessiert lässt er seine Blicke über die grünen, mit Felsen durchsetzten Abhänge schweifen. Auf einer Wiese unweit von seinem Standort blühen bunte Sommerblumen, wie sie nur im Gebirge vorkommen. Toni kennt sie nicht beim Namen. Woher auch. Solche gibt es im Hohen Norden nicht. Er beschließt, sich bei nächster Gelegenheit ein Pflanzenbestimmungsbuch zu kaufen.

Dann fällt sein Blick wieder auf die graue, mit Steinen angefüllte Rinne, derentwegen er hier heraufgeklettert ist. Steine und Felsbrocken in allen Größen, die das Wasser vor vielen Jahrzehnten, als es hier noch heruntergeschossen sein musste, abgelagert hat. Aber warum nimmt das Wasser jetzt einen anderen Weg? Hat weiter oben jemand einen Damm errichtet, der ihm den Weg abschneidet und es umleitet? Er will - nein, er *muss* es herausfinden.

Die Sonne steht mittlerweile schon ziemlich hoch, und die Kletterei ist anstrengend. Toni steigt direkt neben der steinernen Rinne nach oben. Jetzt ist er heilfroh, dass seine Zimmerwirtin ihm heute Morgen die

Wanderstiefel regelrecht aufgenötigt hat. In Turnschuhen käme er überhaupt nicht vorwärts.

Endlich hat er das Ende der Rinne erreicht. Von da aus ist es nicht mehr weit bis zum Berggipfel. Toni beschließt, erst einmal ganz hinaufzusteigen, und auf dem Rückweg die obere Kante der Felsenrinne in Augenschein zu nehmen.

Es dauert länger als er gedacht hat. Die Mittagszeit ist längst vorüber, als er endlich das hölzerne Gipfelkreuz erreicht. Von dieser Stelle aus bietet sich ein herrlicher Rundblick über das ganze Tal. Weit in der Ferne kann er sogar schneebedeckte Gipfel erkennen. Und das mitten im Hochsommer!

Merkwürdig, dass er ganz alleine hier oben ist. Auch während der ganzen Wanderung ist ihm niemand begegnet. Es scheint also tatsächlich, dass die Leute Angst vor dem angeblichen Fluch haben! Kopfschüttelnd zieht Toni seine Regenjacke über das nassgeschwitzte Polohemd. Es ist hier, auf 1.800 m Höhe, empfindlich kühl.

Nach einem großen Schluck Wasser aus der schon fast leeren Flasche nimmt er das Fernglas zur Hand, das er in einer Seitentasche des Rucksacks gefunden hat, und stellt es auf den oberen Rand der Felsenrinne ein. Zentimeter für Zentimeter sucht er den Rand ab. Was er dabei zu finden hofft, ist ihm selber nicht so ganz klar.

Plötzlich - er will gerade das Fernglas wieder verstauen und sich an den Abstieg machen - entdeckt er am rechten Rand der Rinne etwas, das dort nicht hinzugehören scheint. Es stellt sich als ein Haufen aufeinander getürmter Steine heraus, nicht unähnlich einer kleinen Pyramide. Als hätte dort jemand ein Zeichen hinterlassen wollen.

Wie elektrisiert stopft Toni das Fernglas in den Rucksack, peilt noch einmal kurz die Richtung an, und springt, so schnell es das Gelände erlaubt, nach unten. Es grenzt an ein Wunder, dass er nicht stolpert und sich den Fuß verstaucht!

Wenig später steht er vor dem kunstvoll aufgeschichteten Steinhaufen. Aus der Nähe betrachtet, wirkt er gar nicht so groß. Kein Wunder, dass man ihn vom Dorf aus nicht sehen kann, zumal er in einer kleinen Senke steht.

Toni wird vom Jagdfieber gepackt. Seine Reporternase wittert ein Geheimnis. Wer hat diese Steinpyramide hier errichtet? Schmuggler? Jemand aus dem Dorf? Ein Fremder?

Und warum? Um einen vergrabenen Schatz wiederzufinden? Oder war darunter ein Grab? Dazu würde das Gerücht von dem verhexten Fluss passen ... Irgend jemand muss es gestreut haben, um die Dorfbewohner daran zu hindern, hierherzukommen. Was ja bis heute anscheinend auch geklappt hat. Aber wie passt die Tatsache dazu, dass das Wasser nicht mehr über die steinerne Rinne ins Tal fließt? Rätsel über Rätsel ...

Unschlüssig fotografiert Toni erst einmal die Steinpyramide und die nähere Umgebung. Und macht dabei eine weitere Entdeckung.

Direkt oberhalb der Rinne, unweit der Steinpyramide, blitzt etwas in der Sonne auf. Bei genauerer Betrachtung stellt es sich als Kaninchendraht heraus. Es ist noch nicht verrostet, muss also neu sein. Toni zieht daran, und zu seinem Erstaunen setzt sich der Draht in Bewegung. Steine und Grasnarben, mit denen das Geflecht getarnt ist, rutschen hinunter und geben ein in den Felsen gehauenes Loch frei, gerade groß genug, dass ein schlanker Mensch hineinkriechen kann. Das Display seines Handys als Taschenlampe benutzend, leuchtet Toni hinein. Die Höhle darunter ist leer, mündet aber auf der Rückseite in einen niedrigen Gang.

Alle Vorsicht außer acht lassend, krabbelt Toni in das Loch und kriecht auf allen Vieren in den Stollen hinein. Schon nach wenige Metern verbreitert sich der Gang zu einer weiteren Höhle, wesentlich größer als die erste, und viel heller. Durch eine Art Kamin an der rechten Seite fällt die Sonne herein.

Erstaunt starrt Toni auf eine Reihe von Kisten, die an den Wänden aufgestellt sind. Offenbar dient dieser Raum irgend jemandem als Lager.

Neugierig, wie Reporter nun einmal sind, öffnet Toni nacheinander die Kisten und findet - Waffen. Pistolen mit eingerosteten Schlössern, Schnellfeuergewehre, Bajonette. Munition, Landminen, Pickelhauben, Stiefel. Kopfschüttelnd betrachtet Toni das Sammelsurium. Offenbar ist er auf ein Nachschublager aus dem ersten Weltkrieg gestoßen.

Während er noch überlegt, wer das Zeug hier deponiert hat, und was er jetzt tun soll, fällt sein Blick auf eine Metallkiste, die hochkant an der Wand lehnt und noch ziemlich neu aussieht. Sie ist nicht verschlossen. Als er die Kiste öffnet, fallen ihm Papiere entgegen. Geburtsurkunden, Zeugnisse, ein Familienstammbuch, Versicherungsunterlagen, ein Testament - alles neueren Datums. Ganz unten, unter den Papieren, eine Schachtel mit Münzen und wertvollem Goldschmuck. Offensichtlich hat hier jemand das Familienvermögen versteckt.

In dem Familienstammbuch entdeckt Toni zu seiner Verblüffung die Namen seiner Zimmerwirtin und deren Tochter. Was ganz offensichtlich bedeutet, dass die Frauen von dem Versteck wissen. Aber warum dann das ganze Theater? Achselzuckend nimmt er das Stammbuch an sich. Den Rest steckt er wieder in die Truhe und stellt sie so auf, wie er sie vorgefunden hat. Dann tritt er den Rückzug an.

Die Sonne steht inzwischen ziemlich tief. Jetzt muss er sich beeilen, dass er noch vor Einbruch der Dunkelheit den Abstieg schafft! Hastig zerrt er das Drahtgeflecht wieder über den Höhleneingang und wirft Gras und Steine darauf, um es unkenntlich zu machen.

Niemand ist während seiner Exkursion hier vorbeigekommen. Sein Rucksack steht noch genauso da wie vorhin. Natürlich. Der verhexte Fluss und der Aberglaube ...

Er schafft es gerade noch zu Lieselotte Baumgärtels Bauernhof, bevor die Sonne hinter den Bergen verschwindet.

Lieselotte steht in der Küche und bereitet einen Salat fürs Abendessen vor. Ihre Tochter ist nicht zu sehen.

„Na Gott sei Dank sind Sie heil zurück! Wir haben uns schon Sorgen gemacht!", sagt sie erleichtert.

„Was soll mir schon passieren - da oben ist doch niemand. Dank des Gerüchtes, das irgendeiner Ihrer Vorfahren verbreitet hat" ...

„*Meiner* Vorfahren? Wie kommen Sie denn darauf?"

Anstelle einer Antwort legt Toni das Familienstammbuch auf den Tisch, das er oben in der Höhle gefunden hat.

„Hier steht nicht nur Ihr Name und der Ihrer Tochter, sondern auch, dass Josef Birnrieder Ihr Großvater ist. Sein Vater, Alois Birnrieder, hat den Ersten Weltkrieg noch erlebt, und vermutlich auch das Lager da oben angelegt. Damals war die Angst vor Geistern und Hexen noch sehr verbreitet. Ich nehme an, er selber hat das Wasser irgendwie umgeleitet und dann das Gerücht von dem „Verfluchten Fluss" in Umlauf gebracht. In späterer Zeit diente die Höhle dann auch Ihnen als sicheres Versteck für Ihren Schmuck und die wichtigen Papiere."

„Großvater Bepperl ist *dein* Großvater? Also mein Urgroßvater?" fragt Hannchen verblüfft. Unbemerkt hat sie die Küche betreten und gebannt zugehört.

„So ist es, Hannchen. Und nicht nur das. Er ist auch *mein* Urgroßvater!"

„Ich ... Sie ... nein... *du* bist ...?" Mit kalkweißem Gesicht fällt Lieselotte Baumgärtel auf einen Küchenstuhl.

„... Antonio Rossi", vollendet Toni den angefangenen Satz. „Der Bastard. Der Sohn des italienischen Gastarbeiters. Der, für den du dich geschämt, und ihn deshalb zur Adoption freigegeben hast. Ja, Lieselotte Baumgärtel, ich bin dein Sohn. Hannchens Stiefbruder!"

Die Busfahrt

„Kann ich morgen den Wagen haben? Ich habe vormittags drei Fußpflege-Termine, und am Nachmittag will ich endlich zum Friseur. Ich sehe einfach fürchterlich aus. Wenn man mich hochkant stellt, kann man mit mir den Fußboden fegen!" In komischer Verzweiflung wirft Conny ihre Haare in den Nacken und befestigt den Pony mit einer Wäscheklammer, die sie aus ihrer Hosentasche zutage fördert.

„Stimmt", bestätigt Rüdiger mit todernstem Gesicht", „inzwischen bist du schon ein Notfall!" Geschickt weicht er dem heranfliegenden tropfnassen Spülschwamm aus. Das Wurfgeschoss klatscht hinter ihm auf den Küchenboden. Doch bevor Conny noch mehr Munition aus dem Spülbecken holen kann, fängt er an zu grinsen.

„Du bist viel zu eitel", sagt er versöhnlich. „Mir gefällst du so, wie du bist. Auch wenn dir mal die Haare über die Augen hängen! - Klar kannst du den Wagen haben. Ich hatte sowieso vor, morgen den Bus zu nehmen. - Willst du Jenny und Julia zu deinen Patienten mitnehmen?"

„Oje - daran habe ich ja gar nicht gedacht, dass der Kindergarten diese Woche dicht ist! Hm. Aber mitnehmen geht nicht. Ich kann die beiden ja nicht aus den Augen lassen. Sobald ich ihnen den Rücken zudrehe, stellen sie irgendwelchen Unfug an!"

Jenny und Julia sind die vierjährigen Zwillingstöchter des Ehepaares. Bildhübsche Mädchen mit blonden Haaren, einander zum Verwechseln ähnlich - und wahre Temperamentsbolzen, die ihre Mutter mit ihren Streichen nicht selten zur Verzweiflung bringen.

„Ich rufe mal meine Mutter an. Vielleicht kann sie morgen einspringen", schlägt Rüdiger vor. „Sie freut sich jedes Mal wie ein Schneekönig, wenn die Mädchen mal bei ihr sind, und ..."

„... verwöhnt sie gnadenlos", beendet Conny seinen Satz. „Aber das ist eine gute Idee! Sonst muss ich meine Termine morgen alle absagen. Den alten Leutchen, die ich auf dem Zettel habe, kann ich unsere wilden Küken unmöglich zumuten!"

Conny ist gelernte Altenpflegerin und hat vor ihrer Ehe in einer Seniorenresidenz in der Kreisstadt gearbeitet. Nebenbei hat sie eine Ausbildung zur Podologin absolviert - eine spezialisierte Form der Fußpflege. Sie behandelt vor allen Dingen Patienten mit Diabetes, bei denen die Krankheit schon Schäden an den Füßen verursacht hat.

Nachdem sie wegen der beiden quirligen Mädchen nicht an ihre frühere Arbeitsstelle zurückkehren konnte, hat sie sich als mobile Fußpflegerin selbstständig gemacht. Sie besucht ihre meist älteren Patienten, die nicht mehr imstande sind, das Haus ohne Hilfe zu verlassen, in deren Wohnungen, und verdient sich so ein Zubrot. Während der Woche gehen Jenny und Julia in den örtlichen Kindergarten. Wenn Conny Termine am Samstag hat, kümmert Rüdiger sich um die Mädchen.

„Meine Mutter übernimmt morgen gerne die Mädels. Sie freut sich schon - sie hat die beiden mindestens drei Wochen nicht gesehen!" Rüdiger kommt ins Wohnzimmer und verkündet die gute Nachricht. „Ich kann sie morgen früh im Bus mit in die Stadt nehmen. Mein erster Kunde kommt um halb zehn - Zeit genug, die beiden vorher bei Mama abzuliefern."

„Super, dann wäre das auch geklärt!" Wieder muss Conny ihren widerspenstigen Pony feststecken. Die Wäscheklammer hat sich gelöst und ist heruntergefallen. „Wenn ich mit meinen Patienten fertig bin, gehe ich in der Stadt zum Friseur. Auf dem Rückweg kann ich euch dann alle einsammeln, und wir fahren zusammen nach Hause."

„Am besten, wir treffen uns abends bei Mama!", schlägt Rüdiger vor.

„In Ordnung. Aber jetzt muss ich ins Bett - ich falle vor Müdigkeit um!"

Am nächsten Morgen - es ist kurz nach sieben - winkt Conny ihren Dreien nach, die einträchtig zur Bushaltestelle marschieren. Rüdiger in der Mitte, an jeder Hand eins der Mädchen, auf dem Rücken einen Rucksack. Der Inhalt - ein fast fertiger, seegrüner Pullover - ist für seine Mutter bestimmt.

Conny strickt zwar für ihr Leben gern, aber mit dem Halsausschnitt hat sie jedes Mal Probleme. Dafür ist Rüdigers Mutter zuständig.

Beruhigt räumt Conny die Spülmaschine ein, fährt mit dem Staubsauger durchs Wohnzimmer (wenn sie strickt, liegen überall abgeschnittene Fäden und Flusen herum), und kontrolliert noch einmal die große Tasche, die sie für ihre Hausbesuche braucht. Aber es ist alles in Ordnung.

Dann geht sie ins Bad, schminkt sich und bindet ihre widerspenstigen Zotteln zu einem Pferdeschwanz, bevor sie in ihre Jeans und einen hellblauen Rollkragenpullover schlüpft.

Ihr Blick fällt auf den Radiowecker auf ihrem Nachttisch. Halb neun! Nun muss sie sich aber beeilen! In einer halben Stunde hat sie ihren ersten Behandlungstermin, und mindestens fünfundzwanzig Minuten Fahrt vor sich. Frau Bauer wohnt in einem der kleinen Nachbarorte, von denen es rund um die Kreisstadt eine ganze Menge gibt.

Hastig wirft sie sich ihren Mantel über, schlüpft in die Stiefeletten, schnappt sich ihre Arbeitstasche und verlässt das Haus.

Fünf Minuten vor der vereinbarten Zeit läutet sie bei Frau Bauer. Die alte Dame lebt ganz allein in einem Reihenhäuschen, seit ihr Mann vor zwei Jahren verstorben ist.

Es dauert einige Minuten, bis Frau Bauer zur Türe kommt. Sie ist fünfundachtzig und kann sich mit Hilfe eines Gehwagens nur mühsam fortbewegen. Trotzdem ist sie niemals schlechter Laune. Jedes Mal, wenn Conny die alte Dame besucht, steht Kaffee auf dem Tisch, und auf einer Platte sind belegte Brötchen angerichtet. So auch heute.

„Guten Morgen, Frau Bauer", begrüßt Conny ihre Patientin mit einem fröhlichen Lächeln. „Wie geht es Ihnen denn heute?"

„Och, eigentlich prima - wenn man mein Alter bedenkt", antwortet Frau Bauer verschmitzt. „Nur die Beine - die wollen halt manchmal gar nicht. Besonders dann, wenn die Zehennägel schon viel zu lang sind", fügt sie augenzwinkernd hinzu. Conny muss grinsen.

„Ich glaube, das liegt eher am Rheuma!", meint sie trocken, und folgt Frau Bauer ins Wohnzimmer. Alles ist bereits für ihren Besuch vorbereitet. Vor dem Fernsehsessel steht ein Hocker mit einem Handtuch darauf, daneben eine Fußbank für Conny, die mit einem dicken Kissen bedeckt ist.

„So, aber bevor wir anfangen, wird erst mal gefrühstückt!", bestimmt die alte Dame resolut.

„Gerne. Aber viel Zeit habe ich heute nicht. Nach Ihnen warten noch zwei weitere Patienten auf mich!"

Conny nimmt an dem liebevoll gedeckten runden Tisch Platz. Während Frau Bauer den Kaffee einschenkt, fällt ihr Blick auf den eingeschalteten Fernseher, in dem gerade Nachrichten laufen. Bilder eines Unfalls flimmern über die Mattscheibe. Darunter eine Laufschrift:

„Breaking News! Schwerer Busunfall. Zusammenstoß eines Linienbusses mit einem Gefahrgut-Transporter. Mehrere Tote, mindestens fünfzehn Schwerverletzte ... Genauere Angaben über die Unfallursache ..."

Frau Bauer bemerkt Connys gebannten Blick. „Haben Sie es noch nicht gehört? Das ist hier bei uns, auf der Straße zur Kreisstadt", erzählt sie arglos. „In einer Kurve ist der LKW mit einem Linienbus - Kindchen, um Himmels willen, was ist denn? Sie sind ja kalkweiß im Gesicht!"

„Wann ... ist das ... passiert?", fragt Conny mit tonloser Stimme.

„Heute Morgen, soviel ich mitgekriegt habe. So gegen halb acht. Aber ..."

„Frau Bauer - mein Mann und die Mädchen - sie waren in dem Bus. Sie wollten zu meiner Schwiegermutter ..." Entsetzt schlägt Conny die Hände vors Gesicht.

„Oh mein Gott!" Auch Frau Bauer ist jetzt fassungslos.

„Ich muss sofort dorthin!" Conny springt vom Stuhl auf. „Ich muss sehen, ob ..."

„Hat Ihr Mann kein Handy dabei? Versuchen Sie es doch erst mal dort - vielleicht ..."

„Natürlich. Sie haben Recht. Darauf hätte ich auch selber kommen können!" Hektisch angelt Conny ihr Handy aus der Hosentasche. Natürlich ist es nicht eingeschaltet. Zweimal vertippt sie sich, bis sie endlich den richtigen PIN-Code eingegeben hat. Beim dritten Mal schafft sie es, wählt Rüdigers Nummer. Nach fünfmaligem Läuten meldet sich eine blecherne Automatenstimme:

„Der angerufene Teilnehmer meldet sich nicht. Bitte versuchen Sie es zu einem späteren Zeitpunkt noch einmal. Sie können auch eine Nachricht auf der Mailbox ..."

„Verdammt!" Wütend stopft Conny das Handy zurück in ihre Hosentasche. „Entweder er hat es ausgeschaltet - oder er kann nicht hingehen, weil ..." Sie wagt das Unfassbare nicht auszusprechen. So, als könnte sie das Unglück abwenden, wenn ...

„Meine Damen und Herren, ich habe neue Nachrichten von der Unfallstelle", dringt die Stimme eines der Fernsehreporter durch ihr Gefühlschaos. „Neben mir steht der Einsatzleiter der Freiwilligen Feuerwehr. Herr Gutmüller - was können Sie uns über den Unfallhergang und die Verunglückten sagen?"

Gutmüller - ein Mann in den Fünfzigern, mit wirren grauen Haaren und einer orangefarbenen Rettungsweste über der Uniform - tritt vor die Kamera.

„Wir können bis jetzt folgendes sagen:
Heute gegen 7.35 h ereignete sich ein schwerer Zusammenstoß zwischen einem Linienbus und einem Gefahrgut-Transporter. Der Unfall geschah in einer unübersichtlichen Kurve. Beide Fahrzeuge prallten frontal aufeinander. Der Tanklastzug, der mit Benzin beladen war, fing sofort Feuer. Der Fahrer sowie der Busfahrer waren auf der Stelle tot. Von den Fahrgästen im Bus kamen vierzehn ums Leben, darunter drei Kinder. Achtzehn wurden zum Teil lebensgefährlich verletzt. Sie werden nach und nach in die umliegenden Krankenhäuser gebracht. Es sind insgesamt vier Rettungshubschrauber und sieben Sanitätsfahrzeuge im Einsatz. Dreizehn Passagiere kamen mit leichteren Verletzungen davon. Sie wurden vor Ort vom Rettungsdienst behandelt. Wir haben für die Angehörigen eine Hotline eingerichtet. Die Nummer lautet ..."

Doch das hört Conny schon nicht mehr. Ohne zu Frau Bauer noch ein einziges Wort zu sagen, rennt sie - den Autoschlüssel in der Hand - nach draußen zu ihrem

Wagen, springt hinein und rast mit aufheulendem Motor davon - in Richtung Kreisstadt.

Weit kommt sie nicht. Nach wenigen Kilometern wird sie durch eine Straßensperre aufgehalten. Polizisten in Uniform bewachen die aufgestellten Absperrgitter und lassen niemanden durch.

Conny hält kurzerhand am Straßenrand an, hinter mehreren anderen Fahrzeugen, die bereits an der Straßensperre stehen. Sie springt aus dem Wagen und rennt zu den Beamten.

„Bitte lassen Sie mich durch", fleht sie eine junge Frau in Uniform an, die ihr vage bekannt vorkommt. „Mein Mann und meine Kinder waren in dem verunglückten Bus! Ich weiß nicht, was mit ihnen ist ... ich ... mache mir solche Sorgen ..."

„Es tut mir Leid, aber ich kann Sie nicht durchlassen!", antwortet die Polizistin. „Die verunglückten Fahrzeuge blockieren die ganze Straße, und ... Conny?", unterbricht sie sich selbst. „Conny Strachowksi?"

„Bartelmess", verbessert Conny automatisch. „Woher kennen Sie mich?"

„Ich bin Klara Beck - wir saßen in der Schule hintereinander - erinnerst du dich? - Was ist mit deinem Mann?"

„Er saß in dem Bus", wiederholt Conny. „Und meine Kinder ... ich habe keine Nachricht von ihnen ... und ich habe gehört, dass es viele Tote gegeben hat ..."

Das Klingeln ihres Handys unterbricht sie. Rüdiger! Aber er ist es nicht. Es ist seine Mutter. Um Himmels willen! *Ellen!* Ihre Schwiegermutter hat sie total vergessen. Sie muss genauso in Sorge sein wie sie selbst!

„Conny, Gott sei Dank, dass ich dich endlich erreiche!"

„Es tut mir leid, Ellen Ich habe es gerade erst erfahren." Conny lässt ihre Schwiegermutter nicht zu Wort kommen. „Ich weiß nicht, was mit Rüdiger und den Kindern ist. Ich bin auf dem Weg in die Stadt, aber ich komme hier nicht weiter. Die Straße ist gesperrt ... Sobald ich irgend etwas erfahre, melde ich mich!" Sie drückt die Aus-Taste und beendet damit das Gespräch. Mit schlechtem Gewissen. Ellen ist bestimmt auch verzweifelt - aber sie hat jetzt nicht die Kraft und die Nerven für tröstende Worte.

Klara Beck, die mittlerweile einem anderen gestrandeten Autofahrer erklärt hat, wie er die Straßensperre umgehen kann, kommt zu Conny zurück.

„Hast du eine Möglichkeit, zu erfahren, ob Rüdiger oder die Kinder ..."

„Nein, ich weiß auch nicht mehr als das, was offiziell an die Medien herausgegeben wird", bedauert Karla. „Du hast zwei Möglichkeiten - entweder du fährst nach Hause und wartest ab, oder ..."

„*Nein!* Ich kann nicht. Ich muss irgend etwas tun!"

„Dann fahr hinter dem roten Geländewagen her, der dort vorne wendet."

„Danke." Conny will sich gerade umdrehen und zurück zu ihrem Auto rennen, als ihr Handy erneut klingelt. Ohne aufs Display zu schauen, nimmt sie das Gespräch entgegen.

„Conny, ich bin's nochmal, Ellen! - Bitte fahr zurück nach Hause. Rüdiger und die Kinder sind in Sicherheit!"

„*Was*?" Um ein Haar hätte Conny ihr Handy fallenlassen. „Ja, a-ab-er wieso? Sie sind doch heute Morgen zur Bushaltestelle ... Ich verstehe nicht ..." stottert Conny.

„Sie waren *nicht* in dem Bus! Ein Arbeitskollege von Rüdiger hat die drei im Auto mitgenommen - es ist alles in Ordnung! Die Kinder sind hier bei mir. Rüdiger ist bei den Helfern an der Unfallstelle - er ist doch bei der Freiwilligen Feu..."

„Mami, Mami, Oma hat uns Schokadenpudding gekocht", hört Conny plötzlich aus dem Hintergrund die Stimme von Jenny.

„Ja, mit Villesoße", fügt Julia hinzu.

Nun fällt Conny das Telefon doch aus der Hand. Als sie sich bücken und es aufheben will, geben ihre Beine nach. Mühsam hält sie sich an dem eisernen Absperrgitter fest. *Rüdiger lebt! Und die Kinder auch* ... Aber die anderen - die vielen Menschen, die bei dem Unfall ihr Leben verloren haben oder jetzt verletzt in Krankenhäuser eingeliefert werden ...

„Conny - alles in Ordnung mit dir?" Karla Beck, die Connys Beinahe-Zusammenbruch aus dem Augenwinkel gesehen hat, kommt herbeigelaufen.

„Ich habe gerade von der Einsatzzentrale die Namen der Personen in Erfahrung gebracht, die schon identifiziert werden konnten. Mit dem Namen Bartelmess ist bisher niemand dabei."

„Mein Mann und die Kinder sind in Sicherheit." Die Erleichterung ist Conny deutlich anzumerken. „Meine Schwiegermutter hat mir gerade Bescheid ..."

Ihr Handy fängt wieder an zu läuten. Diesmal ist es Rüdiger.

„Schatz, ich bin's. Mir geht es gut. Jenny und Julia sind ..."

„... bei deiner Mutter, ich weiß", unterbricht Conny. „Gott sei Dank, dass ihr nicht in den Bus gestiegen seid!"

„Schatz - es tut mir wahnsinnig leid. Ich habe - keine gute Nachricht. Unter den Toten, die aus dem Bus geborgen wurden, sind ..." Conny hört, wie ihr Mann tief Luft holt, bevor er weitersprechen kann. „Unter den Toten sind ... deine Eltern und dein Bruder!"

***

Familiensonntag

Das Riesenrad ist das größte in Europa. Behauptet jedenfalls der Betreiber. So steht es auch auf dem Plakat gleich neben der Kasse. Ob es stimmt - wer weiß das schon? Schließlich kommt niemand auf die Idee, nachzumessen, bevor er in eine der Gondeln steigt.

Die Aussicht in fünfzig Metern Höhe muss gigantisch sein. Und das ist es, was die Menschen anzieht. Jeder möchte gerne einmal hoch über der Stadt schweben, um einen weiten Blick über Kirchtürme, Hochhäuser und Wohnsiedlungen zu genießen - oder zumindest fast jeder.

Katja ist von der Aussicht, in dieses Ungetüm steigen zu müssen, keineswegs so erbaut. Sie leidet an Höhenangst, und schon die Vorstellung, in solcher Höhe frei zu schweben, verursacht ihr ein Gefühl von Panik. Ganz abgesehen von der Tatsache, dass sie ja nicht einfach aus der Gondel steigen kann, wenn ihr da oben übel wird ...

Doch ihre Freundinnen lassen nicht locker.

„Mensch, Katja, nun sei kein Frosch", meint Karen. „Die Türe von der Gondel ist doch zu, du kannst nicht rausfallen!"

„Es ist fast wie im Flugzeug", insistiert Kelly. „Und die Aussicht ist einfach super. Ich konnte sogar die Riesenrutsche im Spaßbad sehen, und das ist ganz schön weit weg!"

Kelly ist jeden Tag nach der Schule auf dem Rummelplatz, und sie kann Riesenrad fahren, so oft sie will. Ihr Bruder arbeitet bei dem Schausteller, dem das Riesenrad gehört. Vor zwei Jahren hat er hier ein Praktikum absolviert und ist hängen geblieben. Jetzt reist er quer durch Deutschland und Europa, von einem Rummelplatz zum nächsten, immer im Wohnwagen, und dieses unstete Leben macht ihm einen Heidenspaß.

„Lasst uns doch erst mal noch eine Runde über den Rummelplatz drehen", schlägt Katja vor, um Zeit zu gewinnen. „Ich habe Hunger!"

„Na gut. Das Riesenrad läuft uns ja nicht weg", meint Kelly gutmütig. Die drei Mädchen - in der Schule werden sie wegen ihrer Vornamen nur „die drei K's" genannt - haken sich unter und machen sich auf den Weg durch die Budenstraßen.

Es ist voll heute - Familiensonntag. Da gibt es alles zum halben Preis, und das lockt die Leute natürlich. Zudem ist das Wetter ideal für einen Bummel über den Festplatz - nicht zu heiß und nicht zu kalt. Dichte Menschentrauben schieben sich durch die Gassen zwischen den Ständen. Es riecht nach gebrannten Mandeln, Bratwurst, Schaschlik und Steckerlfisch. Lange Menschenschlangen stehen vor den Buden an. Auch hier gibt es heute alles billiger.

An einem Stand mit ungarischen Lángos - Fladen aus Hefeteig, in Öl gebacken und mit verschiedenen Belägen angeboten - bleibt Katja stehen.

„So einen will ich essen!", sagt sie. „Ich liebe diese Dinger. Mit Sauerrahm und Knoblauchsoße und Käse drauf ..." Ihre Augen glänzen, und das Wasser läuft ihr schon im Munde zusammen. „Wollt ihr auch? Ich lade euch ein!"

„Ist bei dir plötzlich der Wohlstand ausgebrochen? Oder hast du im Lotto gewonnen?", witzelt Kelly. Gewöhnlich hat die Freundin kaum Geld zur Verfügung. Ihre Mutter ist geschieden, und Katja hat noch zwei jüngere Geschwister. Da ist das Geld oft knapp.

„Omi hat mir gestern ein bisschen was zugesteckt", antwortet Katja.

„Dann gib es für dich selber aus. Wir zahlen unsere Lángos schon selbst!"

Karen langt in die Hosentasche und zieht einen Geldschein heraus. Im Gegensatz zu Katja mangelt es ihr nie an Geld - ihr Vater betreibt einen gutgehenden Lebensmittelladen und ist mit Taschengeld sehr freigebig.

Geduldig warten die Freundinnen, bis sie an der Reihe sind, und der junge Mann in der Imbissbude ihre Fladen im Fett ausgebacken hat.

„Vorsicht, heiß", warnt er, als er die Köstlichkeiten - dick bestrichen mit Sauerrahm und einem Berg geriebenem Käse obendrauf - über die Theke reicht. „Salz, Pfeffer und Knoblauchsoße könnt ihr euch selber drauf tun. Steht alles hier oben!" Er deutet auf die Theke, steckt das Geld in die Kasse und widmet sich dem nächsten hungrigen Gast.

Genüsslich kauend, schlendern die Freundinnen weiter. Am Kinderkarussell kommen sie fast nicht vorbei. Dort stehen die Menschen dicht an dicht. Schlagermusik erklingt aus den Lautsprechern, immer wieder unterbrochen von den Durchsagen des Ticketverkäufers. Gleich gegenüber steht der Autoskooter. Das Lachen und Kreischen, wenn die Autos aneinander rumpeln, tönt über den halben Festplatz. Aus dem Festzelt in der nächsten Budenstraße zieht eine Wolke von Alkoholdunst. Angewidert verziehen die Mädchen ihre Gesichter und beeilen sich, dem Gestank zu entfliehen. Bierseliges Gegröle, übertönt von der Blaskapelle, die ihre Lautsprecher bis zur Schmerzgrenze aufgedreht hat, folgt ihnen.

Nachdem sie das Kettenkarussell passiert haben, dessen Gondeln so weit nach außen fliegen, dass man das Gefühl hat, gleich abzuheben, stehen sie wieder vor dem Riesenrad.

„So, nun wird`s ernst!" Kelly grinst. „Ich sehe mal zu, dass ich Tommy finde - vielleicht kriege ich Freikarten für euch!"

Sie lässt die Freundinnen stehen und kämpft sich durch die Wartenden zur Kasse hindurch. Manche der Leute meckern, weil sie sich vordrängt. Aber Kelly kümmert es nicht.

„Ich suche meinen Bruder, der arbeitet hier. Ich muss ihm was Wichtiges sagen", flunkert sie frech, und ohne mit der Wimper zu zucken. Und wird durchgelassen.

Sie hat Glück. Tommy sitzt heute an der Kasse, und sie kriegt problemlos Freikarten für ihre Freundinnen. Freudestrahlend kehrt sie zu den beiden zurück. Artig stellen sich die drei in der Schlange hinten an. Sie haben Zeit.

Interessiert beobachten sie das gewaltige Rad, an dem - angetrieben von großen Elektromotoren - vierzig Gondeln im Kreis fahren. Dass es vierzig sind, hat Kelly von ihrem Bruder erfahren. Fünf Runden, sechs, sieben. Nochmal eine. Dann wird das Rad allmählich langsamer, kommt zum Stehen. Eine nach der anderen halten die Kabinen an. Die Passagiere steigen aus und gehen in Richtung Hinterausgang, während an der vorderen Türe neue hineinklettern und es sich auf den roten Polstersitzen bequem machen. Ein Angestellter schließt die Türe, die Gondel fährt weiter, und die nächste hält an. So lange, bis alle vierzig Gondeln, mit neuen Fahrgästen besetzt, ihre Runden drehen.

Kurz, bevor Katja und ihre Freundinnen an die Reihe kommen, ist die letzte Kabine besetzt. Der Mitarbeiter in dem verwaschenen hellblauen T-Shirt schüttelt bedauernd den Kopf.

„Bei der nächsten Runde seid ihr dabei", sagt er augenzwinkernd, bevor die Fahrt losgeht.

Bei Katja macht sich Panik breit. Nur noch wenige Minuten, dann muss sie in einen dieser Käfige steigen! Sie steckt die Hände in die Hosentaschen, um das Zittern zu verbergen. Warum hat sie nur solche Angst vor *diesem* Fahrgeschäft? Sie steigt doch auch bedenkenlos in ein Flugzeug, fährt mit ihren Eltern im Gebirge mit Bergbahnen, traut sich sogar in die Achterbahn - und hier fürchtet sie sich! Sie kann sich das nicht erklären.

Fröhliches Gelächter klingt von oben herunter, das Quietschen von Kindern, die sich anscheinend großartig amüsieren. Plötzlich hört Katja jemanden ihren Namen rufen.

Suchend dreht sie den Kopf nach allen Seiten, versucht, die Menschenmenge mit den Blicken zu durchdringen. Dann ein winkender Arm, in der nächsten Budenstraße, gleich neben dem Kettenkarussell. Nick, der Nachbarssohn. Er ist zwei Jahre älter als sie und geht bereits aufs Gymnasium. Wieder winkt er, macht ihr mit Gesten klar, dass er mit ihr sprechen will. Ihr Retter - der sie davor bewahrt, mit ihren Freundinnen in dieses beängstigende Ungeheuer steigen zu müssen! Was immer er auch von ihr will - gelegener kann er nicht kommen. Hastig informiert sie Kelly und Karen.

„Fahrt ihr ruhig alleine ...", setzt sie an.

„Nichts da", unterbricht Kelly resolut, „entweder fahren wir alle zusammen - oder gar nicht! Kommt, wir hören uns an, was Nick will. Das Riesenrad läuft uns nicht weg!"

Die Mädchen verlassen die Warteschlange und laufen über den schotterbestreuten Weg hinüber zu Nick.

„Katja, Gott sei Dank, dass ich dich erwische", sagt Nick aufgeregt. „Deine Mutter schickt mich her. Danny ist vom Apfelbaum gefallen, er muss sofort ins Krankenhaus. Deine Mutter will natürlich mit, aber jemand muss sich in der Zwischenzeit um Lena kümmern!" Danny und Lena sind Katjas jüngere Geschwister.

„Ich komme", sagt Katja sofort. „Wieso hat Mama denn keine SMS geschickt?"

„Daran hat sie in der Hektik vermutlich gar nicht gedacht!", vermutet Nick.

„Wir kommen mit", verkünden Karen und Kelly. „Wir lassen dich doch nicht alleine!"

„Danke." Mehr bringt Katja im Moment nicht heraus. Sie dreht sich um und hastet, so schnell es zwischen den vielen Menschen möglich ist, Richtung Ausgang, Nick und ihre Freundinnen dicht hinter ihr.

Fast haben sie den großen, hölzernen Torbogen mit der Aufschrift „Festplatz" erreicht, als plötzlich hinter ihnen ein lautes Zischen zu hören ist, gefolgt von einem infernalischen Krachen, als wäre irgend etwas eingestürzt. Entsetzt bleiben die vier jungen Leute stehen, starren in die Richtung, aus der der Lärm gekommen ist. Und dann sehen sie es.

Das Riesenrad, an dem sie noch vor wenigen Minuten gewartet haben, steht vollkommen schief. Mehrere Gondeln wurden aus ihrer Verankerung gerissen. Zwei sind abgestürzt, mitten in die Menschenmenge. Eine dritte hängt nur noch an einer einzelnen Kette. Es sieht aus, als würde auch sie in der nächsten Sekunde abstürzen. Plötzlich ein lauter Schrei:

„Eine Bombe!"

Sofort bricht Panik aus. Schreiende Menschen rennen durch die Budenstraßen, rempeln sich gegenseitig an, schubsen sich aus dem Weg. Ein kleines Mädchen mit blonden Zöpfen, in einem grünen Dirndlkleid, wird umgerissen und fällt zu Boden. Hätten nicht Nick und Karen sofort zugegriffen und die Kleine aus der Gefahrenzone gebracht, wäre sie niedergetrampelt worden.

Kelly rührt sich nicht. Mit totenblassem Gesicht lehnt sie an einer der Bretterbuden. „Tommy", stammelt sie nur. „Ich muss zu ihm!"

„Bleib hier!" Jetzt ist es Katja, die - trotz der Sorge um ihre Mutter und ihre Geschwister - die Ruhe behält. „Du kommst nicht durch. Die Menschen rennen dich nieder. Wenn ihm etwas passiert ist, kannst du sowieso nicht helfen - du stehst nur im Weg herum!" Mit eisernem Griff hält sie die Freundin fest, um sie daran zu hindern, sich in das Getümmel zu stürzen.

Sirenen von Krankenwagen und Polizei sind zu hören, kommen näher. Polizeifahrzeuge versperren sofort den Eingang, lassen niemanden mehr durch. Mehrere Streifen kämpfen sich durch die flüchtenden Menschenmassen, versuchen, Ordnung in das Chaos zu bringen. Sie drängen die Menschen zur Seite, schaffen eine Gasse, damit Notärzte und Sanitäter zu den Verunglückten vordringen können. Schmerzensschreie von Verletzten sind zu hören. Sie übertönen die Schlagermusik, die noch immer aus den Lautsprechern neben dem Eingang dudelt.

Am nächsten Tag wird in der Zeitung zu lesen sein:

„Wegen *eines technischen Defekts kam es auf der Kirchweih zu einem entsetzlichen Unfall mit zweiundvierzig Verletzten. Sieben davon schweben noch in Lebensgefahr. Das Unglück kostete fünf Menschen das Leben".*

Eines der Todesopfer ist Tommy, Kellys Bruder.

Wassermangel

Seit Monaten hatte es nicht mehr richtig geregnet. Die wenigen Tröpfchen, die ab und zu vom Himmel gefallen waren, hatten die Erde kaum erreicht - sie waren schon in der Luft verdunstet. Kleinere Bäche wurden zu Rinnsalen, die nach und nach völlig austrockneten. Die Pegel der großen Flüsse und Seen sanken deutlich. Die Erde bekam Sprünge, brach auseinander und nahm ein Muster an, wie man es nur von Filmen aus der Sahel-Zone oder Äthiopien kennt.

Das Land ist ausgedörrt wie die Wüste. Regentonnen und Fässer sind seit langem leer. In den Gärten verdorren die Blumen. Rasensprengen und das Gießen von Pflanzen sind seit Wochen bei Strafe verboten. Das Getreide auf den Feldern, anfangs noch grün und saftig, verdorrt zusehends. Die Halme bleiben klein und mickrig, keine Ähre setzt sich an. Der Rasen im Garten ist braun geworden, und die ersten Bäume werfen ihre dürren Blätter ab.

Jeden Morgen blicken die Menschen sorgenvoll zum Himmel. Jedes noch so kleine Wölkchen wird begrüßt wie ein lange vermisster Freund - in der Hoffnung, es werde sich aufplustern, größer werden, um irgendwann zu einer dicken Gewitterwolke anzuwachsen, die Regen verspricht. Doch die Menschen hoffen vergeblich.

Auch an diesem Morgen Mitte September, als Sonja die Rollläden hochzieht, brennt die Sonne bereits gnadenlos vom Himmel. Zehn Uhr Sommerzeit, (also nach der „normalen" Winterzeit erst neun), und das Thermometer zeigt bereits jetzt dreiundzwanzig Grad. Es wird wieder ein heißer Tag werden.

Seufzend wischt Sonja sich den Schweiß von der Stirn. Wie gerne hätte sie sich unter die Dusche gestellt!

Aber die Stadt hat die Devise ausgegeben, um jeden Preis Wasser zu sparen. Der Grundwasserspiegel ist bereits beängstigend gesunken, und auch die Wasserversorgung aus dem Umland ist nicht mehr gesichert. Noch zwei weitere Wochen ohne nennenswerte Regenfälle, und die Frischwasserdepots wären leer. So wurde es vor drei Tagen im Lokalradio gemeldet. Die Halbmillionenstadt ächzt.

Gestern Morgen tröpfelte dann nur noch ein Rinnsal aus der Wasserleitung. Braune, rostige Brühe. Dann gar nichts mehr. Die Stadtverwaltung hat ihre Ankündigung wahr gemacht, das Wasser zu sperren, und die Versorgung mit dem kostbaren Nass durch Tankwagen von THW und Feuerwehr sicherzustellen. Dadurch ist es unmöglich, dass rücksichtslose Zeitgenossen sich über alle Spargebote hinwegsetzen und nach Lust und Belieben Wasser verbrauchen, während anderen nicht mehr genügend zum Trinken bleibt. Seitdem stehen die Menschen mit Eimern, Flaschen, Töpfen und Kanistern an der Straße und warten auf die Tankwagen, die regelmäßig ihre Runden durch die Stadt drehen.

„Wie im Krieg", muss Sonja denken, *„als man Lebensmittel oder Kleidung nur bekam, wenn man die entsprechenden Marken vorweisen konnte!"*

Wie sorglos ist sie früher immer mit dem Wasser umgegangen! Tägliche Dusche, bei großer Hitze auch öfter. Mehrmals am Tag kühlte sie Hände oder Füße unterm Wasserstrahl. Sie vergaß, während des Zähneputzens den Wasserhahn abzudrehen. Großzügig wässerte sie den Rasen im Garten, goss die Pflanzen. Die Spülmaschine lief fast jeden Tag, die Waschmaschine mindestens zwei-, dreimal die Woche. Jetzt stapelt sich die schmutzige Wäsche schon zu Bergen.

Schweren Herzens opfert Sonja etwas von ihrem kostbaren Mineralwasser, um ein Gästetuch damit anzufeuchten, und sich so wenigstens die Illusion einer Erfrischung zu verschaffen. Viel hilft es nicht. So sprüht sie sich großzügig mit ihrem Lieblingsparfüm ein. Wenigstens davon hat sie noch ausreichend Vorräte. Und wenn sie trotzdem müffelt - was soll's. Anderen geht es ja genauso.

Vielleicht, überlegt sie, können wir später, wenn Lutz nach Hause kommt, ins Freibad gehen. Ach nein - geht ja nicht. Das Schwimmbad wurde vergangene Woche geschlossen. Die Umwälzpumpe hat ihren Geist aufgegeben, und die Wasserqualität entspricht nicht mehr den Vorschriften. Frischwasser nachfüllen ist natürlich nicht drin.

Vielleicht der Baggersee? Ja, das wäre noch eine Möglichkeit - vorausgesetzt, es wimmelt dort nicht von Algen. Zum Schwimmen wird es zwar nicht mehr reichen - aber immerhin, um den Schweiß abzuspülen und sich ein bisschen zu erfrischen ...

Was für eine schreckliche Situation! Nie im Leben hätte Sonja damit gerechnet, sich einmal *derart* einschränken zu müssen! Sie ist nicht die einzige.

Der Tag zieht sich. Ein großer Teil der gewohnten Hausarbeiten - waschen, Geschirr spülen, putzen - fällt weg. Dafür ist Schlange stehen an der Straße angesagt. Wenn der Tankwagen zu festgesetzten Zeiten vorbeikommt, warten sämtliche Bewohner des Stadtviertels, um ihre Ration zu bekommen. Wer zu spät kommt, hat Pech. Es dauert zwei Stunden, bis der Fahrer auf seiner Runde erneut vorbeikommt. Ätzend! Aber was soll man machen?

Sonja beschließt, in den Supermarkt zu fahren. Ihr Vorrat an Getränken geht zur Neige. Lutz wird Durst haben, wenn er nach Hause kommt. Er arbeitet im Freien, bei einem Gartenbaubetrieb außerhalb der Stadt. Immerhin - dort kann er wenigstens duschen, bevor er nach Hause fährt. In den Vororten ist der Wassermangel noch nicht ganz so schlimm wie hier in der Großstadt.

In der Getränkeabteilung des Supermarktes ist die Hölle los. Endlose Schlangen an den beiden Kassen. Alles, was nur irgendwie trinkbar ist, wird gehamstert.

Irgendwo zwischen den raumhohen Gängen beschimpfen sich zwei Frauen. Sie streiten um einen Kasten mit Limonade, den die eine angeblich zuerst in der Hand hatte, und den die andere ihr streitig machen will. Ein Mann geht dazwischen, teilt den Inhalt des Kastens auf, und gibt jeder der beiden Frauen die Hälfte der Flaschen.

Zwei Betrunkene rangeln um eine Flasche Wodka. Sie fällt scheppernd zu Boden. Glasscherben fliegen herum, Alkoholgeruch breitet sich aus. Die Geschäftsführerin, eine resolute Mittvierzigerin, kommt mit einem Besen und scheucht die Streithähne damit aus dem Laden, bevor sie die Scherben zusammenkehrt.

Mit Mühe und Not ergattert Sonja noch einige Flaschen Limonade und einen Kasten Mineralwasser. Ohne Kohlensäure. Sie mag es eigentlich gar nicht - aber es ist der letzte Kasten, der noch übrig ist. Die neue Lieferung kommt erst morgen - vielleicht.

Endlich hat sie sich durch die Kasse gekämpft. Der Preis für die Getränke ist geradezu unverschämt. Seit aus der Leitung überhaupt kein Wasser mehr kommt, hat der Ladenbetreiber die Preise vervierfacht.

„Wenigstens ER profitiert von der Situation", denkt Sonja sarkastisch, während sie ihre „Beute" im Auto verstaut.

Jetzt aber nichts wie nach Hause! Der nächste Tankwagen ist in einer halben Stunde fällig, und das Wasser aus der letzten „Lieferung" reicht nicht einmal mehr für zwei Tassen Kaffee. Von der Toilettenspülung ganz zu schweigen.

Wegen eines Unfalls gerät sie in einen Stau und braucht doppelt so lange wie sonst, bis sie endlich zu Hause ankommt. Ein Blick auf die Uhr sagt ihr, dass der Tankwagen inzwischen mit Sicherheit weitergefahren ist. Na gut. Aber den nächsten - den *muss* sie erwischen! Sie schleppt ihre Einkäufe ins Haus und lässt sich dann aufseufzend in den Korbstuhl auf der Terrasse fallen.

Lutz ist noch nicht da. Wahrscheinlich ist auch er im Stau stecken geblieben. Also wird es heute nichts mehr mit dem Baggersee. Dann nicht. Sie muss ja sowieso erst mal Wasser am Tankwagen ...

Die Hitze macht müde. Sonja schließt die Augen, und noch ehe sie sich's versieht, ist sie eingeschlafen.

Wie lange sie gedöst hat, weiß sie hinterher nicht mehr zu sagen. Doch sie wird ziemlich heftig aus ihrem Schlummer gerissen - durch einen lauten Krach.

Erschrocken fährt Sonja hoch. Schlaftrunken starrt sie zum Himmel, der wie von Zauberhand rabenschwarz geworden ist. Ist es schon Nacht? Aber das kann doch nicht sein!

In diesem Moment zuckt ein Blitz hernieder, fast augenblicklich gefolgt von einem ohrenbetäubenden Donnerschlag. In der nächsten Sekunde beginnt es zu regnen, als hätte jemand irgendwo ein Schleusentor geöffnet.

Noch bevor Sonja sich überhaupt aus dem Stuhl hieven kann, ist sie nass, als hätte sie stundenlang unter der Dusche gestanden. *Regen! Endlich!*

Hektisch versucht Sonja, die Polster von den Stühlen und von der Gartenschaukel in Sicherheit zu bringen.

Aber sie hat keine Chance. Schließlich gibt sie es auf und flüchtet ins Haus.

In der Diele scheppert ihr Handy auf dem Beistelltisch. Die Klingel ist zwar ausgeschaltet - aber der Vibrationsalarm hat es in Bewegung gesetzt. Eine Nachricht von Lutz?

Nein. Es ist das Katastrophen-Warnsystem, das sie neulich auf ihrem Handy installiert hat. Der Deutsche Wetterdienst warnt vor Dauerregen und Überflutungen. Es wird geraten, in den Häusern zu bleiben, und - wenn man in der Nähe irgend eines Gewässers wohnt - die Keller leerzuräumen.

Na, *das* ist wenigstens keine Gefahr. Der nächste Bach ist mehrere hundert Meter entfernt. Bis der vollgelaufen ist, das dauert. Aber - was ist mit Lutz? Wieso meldet er sich nicht?

Die ausgetrocknete Erde kann die Wassermassen so schnell nicht fassen. Aus dem Gully genau vor dem Haus drückt das Wasser nach oben wie aus einem Springbrunnen. Die Straße verwandelt sich in eine spiegelglatte Fläche. Die Autofahrer haben Mühe, ihre Fahrzeuge noch zu lenken.

Und es regnet weiter. Es schüttet wie aus Eimern, als hätte sich all das Wasser in den vergangenen Monaten irgendwo gesammelt und würde nun auf einmal herunterstürzen.

Vermutlich stehen schon jetzt wieder etliche Keller unter Wasser. Die ersten Feuerwehrautos rasen mit lärmenden Martinshörnern und Blaulicht durch die sonst so ruhige Straße.

Plötzlich läutet das Festnetztelefon. Sonja, gerade dabei, sich aus ihren tropfnassen Klamotten zu pellen, rennt halbnackt in den Flur.

„Schatz, ich bin's!"

„Lutz - um alles in der Welt - wo steckst du denn bloß?"

„Alles in Ordnung. Ich bin noch in der Firma. Ich komme nicht raus. Der Bach nebenan ist über die Ufer getreten. Hier steht alles unter Wasser. Ich muss vermutlich die Nacht über hierbleiben. Mach dir keine Sorgen!"

Sonja will antworten, doch dazu kommt es nicht. In dieser Sekunde fliegt die Haustür aus den Angeln. Von draußen drückt eine Sturzflut ins Haus.

Sie lässt den Hörer fallen. In letzter Sekunde gelingt es ihr, auf die Treppe zu springen, die ins Obergeschoß führt.

Entsetzt starrt sie vom ersten Treppenabsatz nach unten. Wassermassen rauschen durch den Flur, genau an der Stelle, an der sie Sekunden vorher noch gestanden hat. Das Wasser strömt durch den langen Gang, ins Wohnzimmer, und steigt ununterbrochen an. Woher, um alles in der Welt, kommt das so plötzlich?

Sonja bleibt keine Zeit, darüber nachzudenken. Sie rennt die restlichen Stufen nach oben, ins Schlafzimmer. Hastig zerrt sie trockene Sachen aus dem Kleiderschrank. Irgend etwas, das ihr zufällig in die Finger fällt.

„Ich muss die Papiere holen", fällt ihr ein. Sie rast wie von Furien gehetzt ins Büro, das sie vor einem Jahr oben unterm Dach eingerichtet hat. Dort befindet sich der Tresor, in dem sie und Lutz ihre wichtigsten Unterlagen aufbewahren, und auch etwas Geld für den Notfall.

Sie stellt die Geheimzahl ein, reißt die Türe auf. Alles, was sich in dem Fach befindet, zerrt sie heraus, und stopft es in die alte, lederne Aktentasche, die neben dem Schreibtisch auf dem Boden steht - ein Andenken an ihren verstorbenen Vater. Der Laptop passt nicht hinein. Den muss sie notgedrungen hierlassen.

Stattdessen nimmt sie aus der obersten Schublade des Pultes die externe Festplatte, auf der sie - in irgendeiner Eingebung - vor zwei Tagen die letzte Datensicherung erstellt hat. So, jetzt noch ein Foto von ihren verstorbenen Eltern und eins von ihrer Hochzeit mit Lutz. Mehr kann sie nicht tun. Ihre Handtasche kann sie vergessen - die schwimmt vermutlich jetzt schon im Garten. Ebenso das Handy.

Sonja starrt aus der schrägen Dachluke. Doch sie kann durch den strömenden Regen so gut wie nichts erkennen.

Wie lange kann es dauern, bis das Haus vollkommen unter Wasser steht? Wird die Feuerwehr zuerst hier sein? Was kann sie jetzt tun? Wie sich bemerkbar machen? *Wenn doch nur Lutz hier wäre!* Er ist ein Muster an Besonnenheit. Selbst diese Situation würde ihn nicht aus der Ruhe bringen. Wenn sie ihn doch nur anrufen könnte! Wenigstens seine Stimme hören ... Doch das Handy ist weg, die Festnetzleitung tot.

Sie fällt auf den Bürostuhl, schlägt die Hände vors Gesicht. Was nun? Sekunden später springt sie wieder auf. Wenn das Wasser noch nicht in der ersten Etage angelangt ist, kann sie im Schlafzimmer nachsehen, ob sie da eine Taschenlampe findet. Vorsichtig tastet sie sich die Treppe hinunter, Stufe für Stufe. Sehen kann sie kaum etwas. Natürlich ist auch die Stromversorgung inzwischen zusammengebrochen.

Sie hat Glück. Trockenen Fußes erreicht sie das Schlafzimmer, tastet sich zur Herrenkommode vor. Sie kramt darin herum, findet eine Stablampe. Jetzt kann sie immerhin etwas sehen - und sich vielleicht bemerkbar machen.

Zuerst leuchtet sie die Treppe hinunter. Schmutzige braune Brühe, auf der Ölflecken schimmern, hat sich mittlerweile bis zur vorletzten Stufe heraufgearbeitet. Keine Chance, durchs Treppenhaus zu entkommen.

Sie geht ans Badezimmerfenster, reißt es auf. Es schüttet noch immer wie aus Kübeln. Verzweifelt versucht sie, sich an das SOS-Zeichen zu erinnern. Wie war das doch noch mal? Dreimal kurz, dreimal lang, dreimal kurz? Oder umgekehrt? Egal. Sie versucht es einfach. Doch wird sie bei diesem Unwetter überhaupt jemand sehen?

Dreimal kurz, dreimal lang, dreimal kurz. Pause. Dann wieder. Und noch einmal ...

Endlich - nach einer Zeit, die ihr wie eine Ewigkeit vorkommt - eine Antwort. Lichtsignale, irgendwoher aus der Finsternis. Sie winkt mit der Stablampe. Rennt hastig ins Schlafzimmer, holt die Aktentasche. Stopft rasch noch Unterwäsche für sich und Lutz hinein. Hetzt zurück ans Badfenster.

Unter ihrem Fenster schwimmt inzwischen ein Schlauchboot. Ziemlich groß. Mehrere Menschen sitzen darin. Einer davon steht auf. „THW" steht auf seiner Uniform.

„Hallo", sagt dieser Mensch gemütlich, sind Sie die einzige, oder ist noch jemand im Haus?"

„Ich bin allein!"

„Trauen Sie sich zu, ins Boot zu springen? Ich helfe Ihnen!"

Er streckt die Hand aus. Sie langt ihm ihre Tasche hinunter. Klettert mit Hilfe eines Hockers, der im Bad steht, aufs Fensterbrett, holt tief Luft und stößt sich ab.

Minuten später jagt das Schlauchboot mit aufheulendem Motor über die Wasserfläche. Es gibt noch viel zu tun in dieser Nacht.

Kriegszustand

Es ist ein wunderschöner Herbsttag. Einer, an dem man sich wünscht, der Winter würde niemals kommen ...

Die Sonne scheint von einem strahlend blauen Himmel - so klar, wie man es nur in dieser Jahreszeit erleben kann. Lediglich ein paar weiße Schönwetterwolken ziehen darüber hin - wie flockige Lämmer auf dem Weg in den heimischen Stall. Wäre man im Gebirge, muss Hannelore denken, so könnte man bestimmt die ganze Welt überblicken.

Obwohl sie die drei Kinder ihrer Dienstherrin bei sich hat - das Jüngste, die kleine Karin, ist gerade mal zwei und sitzt im Kinderwagen -, genießt sie die wärmende Herbstsonne. Ein Glück, dass es noch relativ warm ist - andernfalls hätte Hannelore in ihrem dünnen Kleidchen jämmerlich gefroren. Es ist das einzige Kleidungsstück, das sie retten konnte - weil sie es am Leib trug. Alles andere, was sie hatte mitnehmen dürfen (und das war wahrhaftig wenig genug), hatte sie auf der Flucht verloren.

Die Bilder, als englische Kampfflugzeuge den Zug bombardierten und die Reisenden zwangen, Hals über Kopf ins nächste Kornfeld zu flüchten, würde sie nie vergessen. Auch nicht das Dröhnen der Maschinen, die Einschläge, den Brandgeruch - und den Anblick der Toten. Nicht alle hatten es geschafft, die Waggons zu verlassen, bevor die ersten Bomben fielen ...

Hannelore ist 17. Bis zum Ausbruch des Krieges war ihr Zuhause ein winziges Dorf in Oberschlesien. Ein paar Bauernhöfe, eine Kirche, die kleine Dorfschule, eine Gastwirtschaft, und der Bahnhof. Das war alles. Und dennoch - es war ihre Heimat.

Doch sie musste sie verlassen. Bei Nacht und Nebel - nur mit einem kleinen Köfferchen, das ein wenig Wäsche, ihr Sonntagskleid, ein Schwarzweißfoto ihrer Familie und ein hartes Stück Brot als Reiseproviant enthielt. Käthe Hofer, ihre Dienstherrin, die Frau des Bürgermeisters im Nachbarort, hatte Hannelore praktisch dazu gezwungen, mit ihr und ihren drei Kindern in den Westen zu flüchten.

Die Bahn hielt an ihrem Wohnort, um weitere - ebenfalls zur Flucht entschlossene - Menschen aufzunehmen. Aber Käthe Hofer hatte ihr verboten, den Zug zu verlassen. Mit Recht vermutete sie, dass ihr Kindermädchen die Gelegenheit nutzen würde, ihrer Chefin zu entwischen. So blieb Hannelore nichts anderes übrig, als ihrer Mutter, die am Bahnsteig wartete, durch das Fenster zuzuwinken. Zwei Monate ist das jetzt her. Niemals würde sie ihrer Chefin das vergessen!

Nach einer Odyssee durch unbekannte Städte, teils auf Pferdewagen, zu Fuß, oder ab und an mit einem westwärts fahrenden Zug, in dem Frau Bürgermeister mittels ihrer Überredungsgabe und einem ihrer zahlreichen Schmuckstücke, die sie am Körper trug, Plätze für sich und ihre drei Kinder ergatterte (ihr Kindermädchen musste dritter Klasse fahren), sind sie vor wenigen Wochen hier gestrandet.

Hier - das ist eine Kleinstadt irgendwo in Bayern. Häuser aus roten Backsteinen, verschnörkelte Gartenzäune, verwilderte Gärten. Keine Bauernhöfe. Unendlich viele Menschen, die - genau wie Hannelore, ihre Dienstherrin und deren drei Kinder - hier gestrandet sind, weil keine Züge mehr Richtung Westen fahren. Die werden alle für Truppen- und Munitionstransporte in den Osten gebraucht.

Eigentlich wollte Käthe Hofer zu ihrem Bruder, der in einem Düsseldorfer Vorort lebt. Dass sie nun in einer baufälligen Scheune mit -zig anderen wildfremden Menschen hausen muss, ohne fließendes Wasser, mit nur einem Plumpsklo für sämtliche Bewohner, ohne Möglichkeit, sich zu waschen oder auch nur ein klein wenig Privatsphäre zu haben, missfällt ihr gründlich. Ausgerechnet ihr, der Frau des Bürgermeisters, einer Dame aus besseren Kreisen, muss *so etwas* passieren!

Ihre Laune wird von Tag zu Tag schlechter. Entsprechend behandelt sie auch ihr Dienstmädchen - wie eine Leibeigene, die froh sein muss, für eine Scheibe Brot überhaupt eine Arbeit zu haben in diesen schlechten Zeiten.

Wann immer ihre Kinder der gnädigen Frau auf die Nerven fallen (was fast ständig der Fall ist), legt sie sich mit Migräne auf die unbequeme Lagerstatt in Form einer muffigen Matratze, die auf dem blanken Boden liegt, und überlässt es Hannelore, ihre Gören zu beschäftigen. Ein fast unmögliches Unterfangen für die 17-jährige. Der zehnjährige Franz und sein zwei Jahre jüngerer Bruder Alfred sind verzogene Lümmel, die nie in ihrem Leben Grenzen kennen gelernt haben. In ihrer Heimat hatten sie auf nichts verzichten müssen, und sie erwarten selbstverständlich, dass das auch so bleibt. Das Nesthäkchen, die kleine Karin dagegen, ist ein kleiner Sonnenschein, und Hannelores Liebling.

Wie so oft, hat Frau Bürgermeister auch heute wieder ihr Dienstmädchen mit den Kindern weggeschickt, um ihre Ruhe zu haben. So ist Hannelore mit den Dreien unterwegs zu einem Herbstspaziergang.

Die beiden Jungen toben schreiend die Straße entlang und spielen Fangen zwischen den Menschen, die der Enge der Flüchtlingsunterkunft für ein paar Stunden entflohen sind. Rechts und links des löchrigen Feldwegs stehen kleine rote Ziegelhäuser, die Hannelore an ihre Heimat erinnern.

Hier und da werkeln die Bewohner in ihren Gärten. Ein älterer Mann schneidet seine Hecke. Im Garten daneben harkt eine junge Frau heruntergefallene Blätter zu einem bunten Haufen zusammen. Gegenüber stehen zwei Frauen am Gartenzaun und ratschen. Ein friedlicher Sonntagnachmittag in einer Kleinstadt. Niemand ahnt die Katastrophe.

Die letzten Häuser liegen hinter Hannelore. Hier sind nur noch wenige Spaziergänger unterwegs. Die kleine Karin ist in ihrem Kinderwagen eingeschlafen. Franz und Alfred rennen vorneweg, spielen Fußball mit einem Stein, den sie mal hier und mal da in den Graben kicken. Sie kümmern sich weder um ihre Schwester noch um ihr Kindermädchen.

Allmählich wird es kühler. Hannelore hat zwar keine Uhr, aber der Blick zur Sonne sagt ihr, dass es schon auf vier zugehen muss. Zeit, den Rückweg anzutreten. Sie ruft nach Franz und Alfred, aber die beiden sind zu weit weg und hören sie nicht. Sie will gerade zwei Finger in den Mund stecken, um einen lauten Pfiff loszulassen, als urplötzlich Sirenen losheulen.

Fliegeralarm!

Hannelore erschrickt bis ins Mark. Sie müssen sofort von der Straße verschwinden - die Bomberbesatzungen schießen auf alles, was sich bewegt. Aber wohin? Die Häuser sind zu weit entfernt - bis dorthin schaffen sie es nicht mehr. Außerdem - die werden mit Sicherheit zuerst beschossen.

Ihre Blicke fliegen hastig von einer Seite zur anderen. Rechts eine Baumgruppe, die in ein Stück Wald übergeht. Links ein noch nicht abgeerntetes Maisfeld. Hastig reißt sie die kleine Karin, die vor Schreck und Angst zu schreien begonnen hat, aus dem Kinderwagen, gibt dem Gefährt einen Tritt, so dass es in den Straßengraben rollt, und rennt. Nach links, ins Maisfeld. Aus dem Augenwinkel sieht sie Franz und Alfred. Beide kommen in panischer Angst zurückgerannt. Auch sie flüchten zwischen die riesigen Maispflanzen, werfen sich zu Boden und bewegen sich nicht mehr.

Hannelore lässt sich fallen, drückt das schreiende Baby an sich. Gerade noch rechtzeitig, bevor die Flugzeuge über sie hinweg dröhnen, so tief, dass ihre Tragflächen fast die Maispflanzen streifen. Maschinengewehre beginnen zu knattern, beharken alles, was sich nicht rechtzeitig in Sicherheit bringen konnte.

Dann greifen die Jagdbomber an. Einschläge erschüttern den Boden, riesige Krater entstehen. Brandgeruch liegt in der Luft.

Hannelore kann kaum noch atmen. Sie zieht ihren Rock vors Gesicht, schützt den Körper der kleinen Karin mit ihrem eigenen, zitternd vor Angst. Sie denkt an ihre Familie, die sie im fernen Osten zurücklassen musste. An ihre Mutter auf dem Bahnsteig. Ihren Vater, Vorarbeiter in einer Stahlfabrik, der trotz der Gefahr jüdische Mitbürger vor den Nazis versteckt hat. Die beiden Brüder, die zur Wehrmacht eingezogen worden waren. Einer davon, ein überzeugter Nazi, hat sich sogar freiwillig gemeldet. Ihre beiden jüngeren Schwestern ... Ob sie ihre Familie jemals lebend wiedersehen wird?

Der Fluglärm über ihnen hat noch immer nicht nachgelassen. Doch die Einschläge sind nun nur noch aus größerer Entfernung zu hören. Hannelore hat Schmerzen im rechten Arm - sie muss sich beim Fallen verletzt haben. Aber sie wagt nicht, sich zu bewegen. Nicht, bevor die Flugzeuge abgedreht haben.

Sie hat inzwischen jedes Zeitgefühl verloren. Doch dann wird es endlich ruhig. Das Brummen der Motoren wird leiser und leiser und erstirbt schließlich ganz. Der Angriff scheint für diesmal vorüber zu sein.

Mühsam rappelt Hannelore sich auf. Die kleine Karin schreit nicht mehr, sie wimmert nur noch leise vor sich hin. *„Armes Kind"*, denkt Hannelore. *„Das sollte nicht sein, dass ein Baby schon so etwas erleben muss!"* Sie drückt die Kleine fest an sich, streichelt ihr über den Kopf, bis das Kind sich beruhigt hat.

Hannelore kämpft sich zur Straße durch. Der Kinderwagen, den sie in den Straßengraben gestoßen hat, ist von Kugeln durchsiebt. Daneben hocken Franz und Alfred im Gras. Unverletzt - aber Schock und Angst zeichnen ihre jungen Gesichter. Als sie Hannelore sehen, springen beide auf und klammern sich an ihr fest.

„Wir müssen zurück, sehen, wie es eurer Mutter geht", sagt Hannelore mit brüchiger Stimme. Ihren schmerzenden Arm hat sie vergessen. Jetzt gilt es nur, die Kinder zurück zu ihrer Mutter zu bringen, die vor Sorge vermutlich von Sinnen ist.

Die Landstraße ist ein Chaos. Bombentrichter, aufeinander getürmte Steine, herausgerissenes Gras. Dazwischen stöhnende Verletzte, die es nicht mehr geschafft haben, irgendwo in Deckung zu gehen. Tote, ohne Arme oder Beine ...

Hannelore starrt vor sich auf den staubigen Weg, um all das Leid nicht sehen zu müssen. Die beiden Buben hängen an ihrem zerrissenen Rock, lassen ihn nicht für eine Minute los, behindern sie beim Gehen. Sie kommen nur langsam voran. Je näher sie den ersten Häusern kommen, umso mehr ist die Verwüstung zu erkennen.

Die britische Luftwaffe hat ganze Arbeit geleistet. Kaum ein Haus ist mehr intakt, was noch steht, brennt. Dazwischen taumeln verstörte Menschen umher, suchen in den Trümmern nach Angehörigen, nach Dingen, die vielleicht noch zu retten sind. Und wieder Verletzte.

Die alte Scheune, in der die Flüchtlinge aus dem Osten notdürftig untergekommen waren, hat einen Volltreffer abbekommen. Auf der Straße vor dem, was einmal der Eingang war, sind die Toten aufgereiht. Unter ihnen Käthe Hofer.

Hilflos starrt Hannelore, die drei Kinder um sich geschart, auf ihre Dienstherrin. Diese Frau hat sie ausgenützt, wie eine Sklavin behandelt, ihr kaum den verdienten Lohn ausgezahlt. Aber so ein Ende - das hat nicht einmal *sie* verdient.

Mit einem Mal wird es Hannelore schwarz vor den Augen. Sie hört noch, wie Franz etwas zu ihr sagt - aber sie erfasst den Sinn nicht mehr. Wie ein gefällter Baum stürzt sie zu Boden.

Als sie wieder zu sich kommt, fällt ihr Blick auf eine helle Fläche über ihr. Orientierungslos wandern ihre Augen umher. Irgendein großer Raum, erfüllt von leisen Stimmen. Eine ältere Frau, die zwischen provisorisch aufgestellten Feldbetten umher huscht. Sie verteilt Flaschen mit Wasser an die Menschen in den Betten. Irgendwo weint ein Kind.

Karin! Franz und Alfred. Der Luftangriff. Käthe Hofer, die unter vielen Toten am Straßenrand liegt ...

Die Erinnerung bricht mit voller Wucht über Hannelore herein. Hilflos ist sie dem Strom ihrer Gedanken ausgeliefert. Der Schock schüttelt sie wie einen leeren Sack.

Dann beugt sich ein Gesicht über sie. Ein männliches. Hannelore glaubt, einer Vision aufzusitzen. Neben ihrer Pritsche steht - Konrad Hofer. Der Bürgermeister. Käthes Mann. Der Vater von Karin, Franz und Alfred. Hannelore starrt ihn an wie einen Geist. Diesen Mann hat sie vor einer Ewigkeit zuletzt gesehen. In einer anderen Welt. Zu Hause. In ihrer Heimat in Oberschlesien. Wie kommt er hierher? An ihr Bett?

Als könnte er ihre Gedanken lesen, lächelt der Mann ihr zu.

„Ihre Frau ...", stammelt Hannelore.

„Meine Frau ist tot, ich weiß", sagt der ehemalige Bürgermeister. „Wir haben sie vor zwei Tagen beerdigt!"

„So lange ist der Fliegerangriff schon her?", fragt Hannelore entsetzt. „Wo bin ich hier überhaupt?"

„In einem Feldlazarett. Man hat dich gefunden - ohnmächtig. Neben der Flüchtlingsunterkunft - oder dem, was davon noch übrig ist. Du bist am Arm verletzt. Deshalb hat man dich hierher gebracht."

„Und die Kinder?", will Hannelore wissen.

„Die Kinder sind in Sicherheit", antwortet Konrad Hofer. „Und das habe ich nur dir zu verdanken. Ich habe sie zu meiner Schwester gebracht, die nur wenige Kilometer von hier auf einem Bauernhof untergekommen ist."

„Aber wie - wie kommen *Sie* hierher?"

„Kurz nachdem Käthe mit dir und den Kindern abgereist ist, marschierte die russische Armee ein. Ich bin mit dem letzten Flüchtlingstreck, der noch rausgekommen ist, geflohen. Unterwegs habe ich erfahren, dass ihr den Zug verlassen musstet, und wo ihr gelandet seid. Ich bin euch gefolgt. Leider kam ich zu spät. Ich habe meine Frau nicht mehr lebend gesehen." Konrad Hofer wischt sich mit dem Ärmel seiner Jacke übers Gesicht.

„Ein Glück, dass wenigstens die Kinder am Leben sind", sagt er, nachdem er sich wieder gefasst hat. „Sobald du wieder auf den Beinen bist, bringe ich dich zu meiner Schwester und den Kindern. Dort kannst du bleiben, bis der Krieg zu Ende ist. Lange wird er nicht mehr dauern. Die Alliierten gewinnen Gott sei Dank immer mehr an Boden."

„Haben Sie etwas von meiner Familie gehört?", wagt Hannelore zu fragen.

„Leider nein. Aber ich werde Nachforschungen anstellen. Zeit habe ich ja jetzt genug. Sobald ich etwas in Erfahrung bringe, gebe ich dir Bescheid! - Ich muss jetzt leider gehen. Aber ich komme wieder, sobald ich kann, und bringe dich zu meiner Schwester!"

Bevor er geht, dreht er sich noch einmal zu Hannelore um.

„*Danke*", sagt er. Nur dieses eine Wort.

Der rote Stein

Regungslos sitzt die ältere Dame in dem dunkelblauen Kleid am Bett ihres Mannes. Vor wenigen Minuten war eine Krankenschwester da, um zu fragen, ob sie irgend etwas für sie tun könne. Doch als Irene stumm den Kopf schüttelte, war sie lautlos wieder gegangen.

Irene ist wieder allein. Allein mit dem Mann, mit dem sie vierundfünfzig Jahre glücklich verheiratet war, und der sie nun für immer verlassen hat. Sie hat keine Tränen mehr. Zu viel hat sie geweint in den letzten Tagen. Nun fühlt sie sich leer, ausgelaugt und hilflos.

Ihre Hand greift in den Ausschnitt ihres Kleides und zieht einen Anhänger heraus. Einen roten Stein an einer Silberkette. Er ist nicht wertvoll. Ein einfacher roter Kieselstein, vom Wasser glatt geschliffen, so dass er glänzt wie lackiert.

Ihre Gedanken wandern zurück zu jenem glücklichen Sommer vor fünfundfünfzig Jahren. Ein paar Tage Urlaub hatten sie sich gestohlen, sie und John. Neunzehn waren sie damals, und frisch verliebt. Ohne Wissen ihrer Eltern hatten sie sich eines Morgens wie gewohnt an der Uni getroffen, auf ihre Fahrräder geschwungen, und waren gen Süden gefahren - zur Donau. Sie hatten kaum Geld, kein Gepäck, schliefen aneinander gekuschelt auf Parkbänken oder einfach im Gras, ernährten sich von Weißbrot, das sie beim Bäcker kauften und sich redlich teilten - und waren glücklich.

Der einzige Luxus und die Krönung ihres ersten gemeinsamen Urlaubs war eine Fahrt mit einem der Ausflugsboote durch den Donaudurchbruch zum Kloster Weltenburg. Dort saßen sie am Donaustrand, der zu diesem Zeitpunkt sehr breit war. Es hatte lange nicht geregnet, und der Fluss hatte sich in die Mitte seines Bettes zurückgezogen. Millionen von Steinen hatten sich angesammelt, auf denen die Ausflügler saßen - auf Decken, Luftmatratzen oder - wie John und Irene - auf ihren Jacken. Sie steckten die nackten Füße ins Wasser und genossen die Sonne.

Plötzlich stand John auf, lief ein paar Schritte, bückte sich und klaubte einen roten Stein aus den grauen Flusskieseln. Den einzigen roten weit und breit. Mit feierlicher Gebärde überreichte er seinen Fund Irene.

„Ich habe zwar noch nicht genug Geld, um dir einen Verlobungsring zu kaufen", sagte er mit einem verschmitzten Grinsen. „Aber dieser Stein soll dich immer an mich und an unseren ersten gemeinsamen Urlaub erinnern!" Das war ihre Verlobung.

Nach ihrer Rückkehr bastelte Irene aus Silberdraht eine Halterung für den Stein und hängte den so entstandenen Anhänger an eine Silberkette, die sie von ihrer verstorbenen Großmutter geerbt hatte. Diese Kette legte sie niemals ab - sie war ihr Talisman. Und auch als John ihr ein Jahr später einen Ehering an den Finger steckte, blieb dieser rote Stein für sie das Symbol ihrer Liebe.

Es war ihnen ein langes, glückliches Eheleben vergönnt. Niemals war John krank - bis zu jenem verhängnisvollen Tag vor sechs Wochen, als er bei dem Versuch, mehrere Dachziegel zu ersetzen, die der Sturm von ihrem Schuppen geweht hatte, von der Leiter fiel und sich einen Oberschenkelhalsbruch zuzog. Er überstand die OP und war bereits auf dem Weg der Besserung. Doch dann ereilte ihn eine Lungenentzündung, von der er sich nicht mehr erholte.

Und nun war er gegangen.

Mit steifen Gliedern erhob Irene sich von dem unbequemen Stuhl. Sie zog sich die Silberkette, die sie fast ihr ganzes Leben lang getragen hatte, über den Kopf. Ihre Haare verfingen sich darin, und es dauerte ein paar

Minuten, bis sie die Kette gelöst hatte. Sie hob den Kopf ihres Mannes an und streifte ihm die Kette um den Hals.

„Nimm du sie mit, John", sagte sie leise. „Leb wohl. Wir sehen uns wieder - irgendwann." Zum letzten Mal strich sie ihm über die Haare, wie sie es so oft in ihrem Leben getan hatte, und küsste ihn noch einmal. Dann ging sie, ohne sich noch einmal umzudrehen.

Keiner beachtete die alte Dame, die in diesem Augenblick viel älter aussah als die vierundsiebzig Jahre, die sie zählte. Niemand versuchte, sie aufzuhalten, als sie langsam, mit schweren Schritten, den endlosen Gang des Krankenhauses entlanglief und die Stufen ins Parterre hinunterging.

Die Anmeldung war jetzt, nach Mitternacht, verwaist. Die Stühle, auf denen sonst viele Patienten warteten, waren leer. Wer um diese Zeit ärztliche Hilfe suchte, musste sich an die Notaufnahme im Untergeschoß des großen Baus wenden.

Irene verließ unbehelligt das Krankenhaus und trat auf den Vorplatz. Sie schaute weder nach links noch nach rechts. Ihren Blick auf den regennassen Asphalt zu ihren Füßen gerichtet, überquerte sie den um diese Zeit menschenleeren Platz und lief, ohne auf irgend ein Verkehrszeichen zu achten, auf die Straße.

Sekunden später kreischten Bremsen. Ein Krachen. Splitterndes Glas. Der Schrei eines Menschen.

Dann - Stille.

Drei Tage später wurden Irene und John Anderson in einem gemeinsamen Grab auf dem örtlichen Friedhof beerdigt.

Gut gezielt ...

Die U-Bahn-Station war schon tagsüber wenig attraktiv - düster, schmuddelig, kalt. Jetzt, am späten Abend, wirkte sie geradezu unheimlich.

Am Bahnsteig der stadteinwärts fahrenden Linie saß auf einer der wenigen Bänke ein junger Mann. Punkfrisur, Lederklamotten, Nietenarmband, um den Hals eine schwere Eisenkette. Er machte nicht den Eindruck, als wolle er irgendwohin. Er saß nur einfach da und stierte ins Gleisbett.

Die drei jungen Frauen neben ihm, aufgestylt mit Miniröcken, Stilettos und pfundweise Modeschmuck, waren ganz offensichtlich auf dem Weg in eine der Innenstadt-Discos. Dann stand da noch eine alte Dame mit einem Gehwagen, auf dem Heimweg vom Besuch bei ihrer Schwester. Sonst war der Bahnsteig leer.

Die U-Bahn ließ - wieder einmal - auf sich warten. Eine Störung vermutlich. Das kam in letzter Zeit dauernd vor.

Auf der Rolltreppe, die von oben in die „Unterwelt" führte, wurde es laut. Betrunkene. Sie polterten - immer mehrere Stufen auf einmal nehmend - grölend in die U-Bahn-Station. Es war nicht zu übersehen - sie waren auf Krawall aus.

Sie waren zu viert. Und sie entdeckten sofort das geeignete Opfer unter den Wartenden. Ohne sich auch nur mit einem Blick zu verständigen, torkelten sie wie auf Kommando auf die alte Dame mit der Gehhilfe zu.

„Na, Oma", sagte einer, „meinst du wirklich, es lohnt sich für dich noch, nach Hause zu fahren?"

Die anderen lachten laut. Er gab dem Gehwagen mit seinem Stiefel einen Tritt. Instinktiv ließ die alte Dame die Griffe los, und die Gehhilfe polterte scheppernd auf die Gleise. Wiehern des Gelächter seiner Kumpane.

Und dann geschah alles gleichzeitig.

Bevor der Betrunkene noch Gelegenheit hatte, die alte Dame ebenfalls auf die Gleise zu schubsen, kam von irgendwoher eine schwere Eisenkette geflogen, die den Randalierer am Kopf traf. Er verlor das Gleichgewicht, fuchtelte wild mit den Armen, versuchte, sich irgendwo festzuhalten. Aber da war nichts. Mit einem Schrei fiel er auf die Gleise. Direkt vor die einfahrende U-Bahn.

Die Heimfahrt

Am Vormittag schien die Sonne noch von einem strahlend blauen Himmel. Doch gegen Mittag hatte sich ein Dunstschleier darüber gelegt. Trotzdem war es noch erstaunlich mild - das Außenthermometer ihres Wagens zeigte 10 Grad plus. Und das Anfang Dezember! Nicht zu fassen!

Die Autobahn war voll. Freitag Nachmittag. *Rush hour.* Aber der Verkehr floss immerhin noch relativ zügig.

Evelyn fuhr ungern um diese Zeit. Doch diesmal hatte es sich nicht vermeiden lassen. Sie musste nach Hause zu ihrer Mutter, die seit dem Tode ihres Mannes allein lebte. Es war wieder einmal ein Großeinkauf fällig. Getränke, Kartoffeln, Zucker, Mehl, Toilettenpapier - solche Sachen eben, die Mama nicht mehr alleine besorgen konnte. Zumal sie oben am Berg wohnte. Und seitdem der letzte Supermarkt geschlossen hatte, und es nicht einmal mehr einen Bäcker in der Siedlung gab ... Natürlich fuhr ein Bus. Allerdings nur zweimal am Tag, und das zu völlig unmöglichen ...

Lautes, heftiges Kreischen riss Evelyn aus ihren Gedanken. Automatisch trat sie auf die Bremse.

Der blaue Himmel war verschwunden. Die Sonne auch. Als hätte jemand plötzlich von oben einen dicken, undurchsichtigen weißen Vorhang heruntergeworfen, war die Sicht gleich null. *Eine Nebelbank!* Sie schaffte es gerade noch, den Wagen zum Stehen zu bringen, bevor sie ihrem Vordermann auf den Kofferraum knallte.

Eine Schrecksekunde lang wusste sie nicht, wo sie war. Bis plötzlich eine Stimme in ihr Bewusstsein drang. Eine Männerstimme.

„Die Route wird neu berechnet. Die Route wird neu berechnet. Bitte wenden Sie! Bitte wenden Sie!"

„Du dämlicher Affe", schrie sie entrüstet ihr Navi an. „Du solltest wissen, dass ich hier auf der Autobahn bin und nicht wenden kann!"

Zum Glück saß sie alleine im Auto. Ihr Mann auf dem Beifahrersitz hätte sie garantiert mit süffisantem Grinsen darauf hingewiesen, dass ein Navigationsgerät nicht nur kein Hellseher ist, sondern eine Maschine, der es relativ gleichgültig ist, wenn man sie beschimpft.

Die Nebelsuppe wurde immer dicker. Die Rücklichter ihres Vordermannes waren kaum noch zu sehen. Schon gar nicht die Autos auf den beiden anderen Fahrspuren.

Verdammter Mist! Solche bösen Überraschungen hatte nur diese verhasste Jahreszeit auf Lager! Zu allem Überfluss ertönte hinter ihr nun auch noch ein Martinshorn. Ein Polizeiwagen? Der Notarzt? Sehen konnte sie das Fahrzeug nicht. Nicht einmal das sonst so nervige, flackernde Blaulicht.

Und nun? Die Fahrzeuge mussten eine Rettungsgasse frei machen - aber wohin? Die Leitplanke auf der rechten Seite war nicht zu sehen. Sie kannte die Strecke wie ihre Westentasche. Doch in diesem Moment hätte sie nicht sagen können, wo sie war.

Panisch versuchte Evelyn, den Wagen anzulassen. Aber der Zündschlüssel ließ sich nicht drehen. Das Schloss klemmte. Wieder einmal. *Auch das noch!*

Der Lärm des Martinshorns kam immer näher. Plötzlich wurde ihre Beifahrertüre aufgerissen. Ein baumlanger Mensch in einem blauen Monteuranzug steckte den Kopf herein.

„Verdammt, so fahren Sie doch zur Seite", blaffte er.

„Sagen Sie das meinem Zündschlüssel - der lässt sich nicht drehen", gab Evelyn sarkastisch zurück.

Der blaue Riese zog den Kopf ein, brummte irgend etwas, das so ähnlich klang wie „Weiber am Steuer", und ging nach hinten.

Plötzlich, wie von Zauberhand, setzte sich der Wagen in Bewegung. Ohne ihr Zutun rollte er nach rechts. Der Gedanke, die Bremse zu benutzen, kam ihr gar nicht. Sie saß einfach da, stierte ihr Lenkrad an und wartete. Auf den unvermeidlichen Krach, wenn ihr Wagen gegen die Leitplanke knallte.

Das aber tat er nicht. Zu ihrem Erstaunen rollte das Auto einige Meter, wohin, konnte sie nicht sehen. Dann gab es einen Ruck, und es stand.

Neben ihr tauchte das Blaulicht auf. Polizei. Ein Pkw. Gleich dahinter ein Einsatzwagen der Feuerwehr. Beide schlängelten sich an ihrem Wagen vorbei, weiter nach vorne. Offenbar hatte es einen Unfall gegeben.

Mit zitternden Knien öffnete Evelyn die Fahrertüre. Beim Aussteigen gaben ihre Beine fast nach. Gerade noch konnte sie sich am Türrahmen festklammern. Dann entdeckte sie, wo sie war.

Ihr Auto stand unmittelbar dort, wo einmal ein Brückengeländer gewesen war. Dort klaffte jetzt eine große Lücke. Versperrt von kreuz und quer herumliegenden, zum Teil aufgeplatzten und ziemlich zerfledderten Ballen Schaumstoff. Material, wie es zum Dämmen von Hauswänden und Dächern eingesetzt wird. Offensichtlich von einem Lkw gefallen.

Deshalb also war sie so weich gelandet! Der Schaumgummi hatte verhindert, dass ihr Auto durch das Loch im Geländer auf die unter der Brücke vorbeiführende Bundesstraße gerutscht war. Ihre Knie gaben nun endgültig nach. Sie sank auf einen der Schaumstoffballen.

Aus dem Nebel drang eine Stimme zu ihr - diesmal eine weibliche:

„Nach 50 Metern rechts abbiegen!"

Identitätsverlust

Die Frau, der ihr aus dem Spiegel entgegen schaut, sieht müde aus. Die dunklen, einstmals so gepflegten, lockigen Haare hängen schlaff herunter. Der Haaransatz seit der letzten Tönung ist überdeutlich zu erkennen. Tiefe Falten lassen sie älter aussehen als die achtundfünfzig Jahre, die ihre Geburtsurkunde ausweist. Abgesplitterte Fingernägel, auf denen noch die Reste von rotem Nagellack zu erkennen sind. Die früher so schlanke, sportliche Figur ist rundlich geworden. Mindestens zwanzig Kilo zu rundlich.

Unglücklich starrt Corinna Sommer ihr Spiegelbild an. Wie so oft in den letzten Wochen und Monaten.

„Das kann doch nicht ich sein! Dieses übergewichtige Nilpferd mit den faden, strähnigen Haaren, den müden Augen, den Falten im Gesicht wie eine Achtzigjährige - so sehe ich nicht aus! ICH doch nicht!

Ich bin doch noch nicht mal sechzig. Ich bin fröhlich, optimistisch, energiegeladen. Ich lebe ständig auf der Überholspur - Nichtstun finde ich schrecklich. Meine Freunde kennen mich als Ulknudel, als eine, die nie um Worte verlegen ist. Ich bin eine Dame - fluchen ist für mich ein NoGo. Ebenso wenig würde ich jemals ungekämmt, im Jogginganzug und ohne Schminke das Haus verlassen. Noch nicht einmal, wenn ich nur den Abfall zur Mülltonne bringe! Ich achte auf meine Figur, auf mein Äußeres. Das bin ich schon meinem Geschäft schuldig. Wer will schon eine Stilberaterin konsultieren, die herumläuft, als hätte sie ihre Klamotten aus dem Lumpensack?

Aber - wer bin ich nun wirklich? Das zerzauste Individuum da im Spiegel - oder das, was ich zu sein glaube? WER BIN ICH WIRKLICH? Ich habe mich verloren. Ich habe meine Identität verloren. Wann ist das passiert? Und wie? An welcher Stelle meines Lebens habe ich den fal-

schen Weg eingeschlagen? Vor allem aber - wie finde ich heraus, wer ich wirklich bin?"

Wie immer, wenn Corinna an diesem Punkt angelangt ist, enden ihre Überlegungen. Hier kommt sie einfach nicht weiter. Seit Monaten geht das schon so. Selbstzweifel. Ängste. Und Fragen. Immer wieder dieselben Fragen.

Sie fährt zusammen, als es plötzlich an die Badezimmertüre klopft. Hastig wischt sie sich mit einem Handtuch die Tränen aus dem Gesicht und streicht die Haare zurück, bevor sie öffnet. Draußen steht Hartmut, ihr Mann.

„Hier steckst du also! Ich suche dich schon überall - du solltest dich allmählich anziehen. Die Party bei Valentin fängt um halb acht an, und er mag es nicht, wenn man unpünktlich ist!"

„Party? Bei Valentin?" Entgeistert starrt Corinna ihren Mann an.

„Sag bloß, du hast das vergessen! Valentin feiert heute seinen siebzigsten Geburtstag, und gleichzeitig den dreißigsten Jahrestag, an dem er die Zeitung von seinem Vater übernommen hat. Die ganze Redaktion und die komplette Belegschaft sind eingeladen. Wir *müssen* dort hingehen!"

„*Du* musst", verbessert Corinna. „*Ich* nicht. Er ist schließlich *dein* Chef - nicht meiner!"

„Bist du verrückt? Natürlich musst du mitgehen. Schließlich bin ich Chefredakteur, Leiter des Wirtschafts- und Politikressorts und Valentins Stellvertreter!"

„Dann geh hin. Aber *ich* komme *nicht* mit. Ich habe nicht die geringste Lust, mich in einen proppenvollen Saal zu hocken, mir die Lobhudeleien von Landrat, Bürgermeister, Vorstand des Kaninchenzuchtvereins und der Freiwilligen Feuerwehr, dem örtlichen Pfarrer, dem

Leiter des hiesigen Beerdigungsinstituts, dem Betriebsratsvorsitzenden, und weiß Gott wem noch anzuhören!" Ihre Stimme trieft vor Sarkasmus. „Schon gar nicht die Dankesrede des Herrn Jubilars, die dieser nur nach dem Genuss von mindestens vier doppelten Whiskeys zustande bringt. Nach dem sechsten fängt er an, allen verfügbaren weiblichen Wesen ins Dekolleté zu stieren, und endlos schweinische Witze zu erzählen, die schon zu Abrahams Zeiten uralt waren. Nein, Danke. *Ohne mich!"*

„Corinna - *bitte!"* Hartmut verlegt sich aufs Betteln. „Ich kann doch dort ohne dich nicht aufkreuzen! Was soll ich denn Valentin sagen?"

„Von mir aus erzähl ihm, ich hätte die Tollwut!" Corinna bleibt unerbittlich. „Ich kann unmöglich in eineinhalb Stunden fertig sein. Meine Haare sehen verboten aus, ich habe nichts anzuziehen, und außerdem geht es mir nicht gut. Ich fühle mich einfach nicht imstande, mich mit Massen von Leuten abzugeben, die mir völlig egal sind, freundlich zu lächeln, unverbindliches Blabla von mir zu geben und so zu tun, als hätte ich Spaß an dieser „Veranstaltung". - So, und nun lass mich bitte wieder allein!"

„Corinna - das reicht jetzt!" Energisch packt Hartmut seine Frau beim Arm. „Du wirst dich jetzt sofort fertig machen. Ich dulde nicht, dass du mich vor den Augen meines Chefs und seiner Frau lächerlich machst!"

„Seiner Frau - dass ich nicht lache! Dehlia ist eine abgetakelte Hafendirne, die Valentin weiß Gott wo aufgelesen hat. Die bläst sich auf wie ein Fesselballon, wirft mit Valentins Geld um sich, als wäre es Dreck, steigt in Klamotten herum, die sie vermutlich früher bei der Ausübung ihrer Tätigkeit getragen hat, und pflegt eine Ausdrucksweise, die ihrer windigen Herkunft würdig ist - kein Wunder, dass Valentin angefangen hat zu saufen, seit er mit dieser ... dieser ... Person verheiratet ist!"

„*Corinna!*" Hartmuts Gesicht nimmt eine gefährliche Rötung an. „Du hast kein Recht, so über meinen Chef und seine Frau herzuziehen!"

„Und du hör endlich auf, mir vorzuschreiben, was ich tun und lassen, und wohin ich gehen soll!", schlägt Corinna zurück. „Ich habe es verdammt noch mal satt, nur noch das zu tun, was dir in den Kram passt. Inzwischen bin ich so weit, dass ich mich nicht mal mehr traue, alleine zum Friseur zu gehen, oder mit dem Auto zu fahren, ohne dass du am Beifahrersitz hockst und dich benimmst, als wäre ich eine Fahrschülerin und du der Fahrlehrer. Mein Selbstbewusstsein ist im Keller, und ich kann nachts nicht schlafen, weil ich nicht mehr abschalten kann. *Da* - schau mich doch an, was aus mir geworden ist! Ein kleines, armseliges Würstchen, das nicht einmal mehr zu entscheiden wagt, ob es Reis oder Nudeln zum Mittagessen kochen soll ... Das hat *du* aus mir gemacht!"

„Sag mal, bist du jetzt total durchgeknallt?" Hartmut wendet sich zum Gehen. „Ich glaube, du solltest mal einen Psychiater konsultieren - du hast sie ja nicht mehr alle. Dann bleib doch daheim, du dumme Pute, und putz das Klo - mit dir muss ich mich ja doch nur schä..."

Seine Stimme bricht ab. Mit einem Röcheln fasst er sich an den Kopf, fuchtelt unkontrolliert durch die Luft, kippt um wie ein gefällter Baum, und bleibt bewegungslos in der Diele liegen.

„Hartmut - um Himmels willen!" Entsetzt beugt sich Corinna über den Gestürzten. Ihr Mann ist bei Bewusstsein. Er stöhnt, röchelt, versucht zu sprechen. Aber seine Worte sind nicht zu verstehen.

Corinna ist wie gelähmt vor Schock. Seit langem gewohnt, nichts mehr entscheiden zu müssen, ja zu dürfen, weiß sie im ersten Moment nicht, was sie tun soll. Verzweifelt versucht sie, sich an den Erste-Hilfe-Kurs zu erinnern, den sie vor Jahren beim Roten Kreuz absolviert hat. Doch ihr Gehirn ist wie tot.

„Ich kann nicht ... ich kann nicht ... ich kann nicht ..."

„Du musst!" Wie ein Befehl aus einer anderen Welt hämmert plötzlich dieser Gedanke auf sie ein. „Du musst den Rettungsdienst anrufen. *Sofort!"*

Endlich fängt sie sich. Eine plötzliche, seit Monaten nicht gekannte Ruhe überkommt sie.

Das ist *die* Gelegenheit. Sie kann jetzt gehen. Ihn einfach hier liegen lassen. Ihren Pass und ihr Geld nehmen und verschwinden. Für immer. Er kann sie nicht daran hindern ...

Der Augenblick geht vorüber.

„Bleib ganz ruhig liegen, Hartmut. Ich bin sofort zurück. Ich rufe einen Arzt."

Sie nimmt das schnurlose Telefon von der Ladestation, wählt den Notruf. Fast sofort meldet sich eine Männerstimme. Mit ruhiger Stimme erklärt sie dem Mann am anderen Ende die Situation, nennt ihre Adresse. Der Diensthabende verspricht, sofort einen Krankenwagen und den Notarzt zu schicken.

„Kann ich inzwischen irgend etwas tun?" will Corinna wissen.

„Gehen Sie zurück zu Ihrem Mann, legen Sie ihm ein Kissen unter den Kopf. Beruhigen Sie ihn. Mehr können Sie nicht machen. Wir sind gleich da." Die Verbindung wird unterbrochen.

Ohne Hast öffnet Corinna die Haustüre, damit die Sanitäter ohne Aufenthalt herein können, holt aus dem Wohnzimmer ein Kissen und eine Decke, die sie über Hartmut ausbreitet. Sie nimmt seine Hand, die sich ungewohnt kühl anfühlt, spricht mit beruhigender Stimme auf ihn ein. Hinterher wird sie nie mehr wissen, *was* sie gesagt hat. Aber es scheint ihm gut zu tun.

Sie muss nicht lange warten. Nach kaum einer Viertelstunde hört sie das Martinshorn, sieht das Blaulicht vor dem Fenster flackern. Eine Minute später steht der Notarzt im Flur. Hinter ihm erscheinen zwei Sanitäter mit einer Trage.

„Sie können Ihren Mann jetzt uns überlassen", sagt der Arzt, der eher wie ein Medizinstudent aussieht, bevor er sich dem Patienten zuwendet.

Corinna geht zurück ins Wohnzimmer. Das Telefon nimmt sie mit. Während sie mit einer Hand ihr wirres Haar zu bändigen versucht, wählt sie mit der anderen Valentins Handynummer. Sie muss es lange klingeln lassen. Anscheinend ist die Party schon in vollem Gange, denn aus dem Hintergrund sind Musik, Gelächter, Gläserklirren zu hören.

Valentin muss seine ersten Whiskeys schon intus haben - seine Stimme klingt nicht mehr ganz klar.

„Ja, Corinna, was is'n los mit euch, wo bleibt ihr denn?", nuschelt er undeutlich.

„Valentin - sorry - wir kommen nicht!"

„Hä? Spinnt ihr? Ich erwarte euch - ihr könnt doch nicht einfach ..."

„Hartmut ist krank. Der Notarzt ist bei ihm. Was Genaues weiß ich noch nicht. Schönen Abend und viele Grüße an deine - Gäste!"

„Hupfdohle" hätte sie am liebsten gesagt. Doch sie beherrscht sich. Noch ehe Valentin Gelegenheit zu einer Erwiderung hat, drückt sie den Aus-Knopf und beendet damit das Gespräch.

Die Sanitäter sind gerade dabei, Hartmut auf die Trage zu legen und ihn festzuschnallen, als Corinna zurückkommt.

„Was ist mit meinem Mann? Und wohin bringen Sie ihn?", fragt Corinna den Notarzt.

„Schlaganfall. Helenenspital. Notaufnahme", lautet die knappe Antwort. Der Arzt scheint kein Freund vieler Worte zu sein.

„Wird er durchkommen?"

„Er hat gute Chancen. Dank Ihrer schnellen und richtigen Reaktion. So, aber ich muss weiter. Der nächste Patient wartet - wird wohl eine heiße Nacht werden!"

Damit verschwindet er. Die Sanitäter tragen Hartmut zum Krankenwagen. Kurz darauf hört Corinna die beiden Autos wegfahren.

Sie geht ins Schlafzimmer, holt eine Reisetasche vom Schrank und packt das Nötigste für ihren Mann ein. Waschzeug, Pyjama, Wäsche, Bademantel, seine Hausschuhe. Tauscht ihren ausgeleierten Jogging-Anzug gegen Jeans und Pullover. Bevor sie ihre Jacke von der Garderobe und den Autoschlüssel vom Schlüsselbrett nimmt, geht sie nochmals ins Bad, schaut in den Spiegel.

„Du siehst zwar immer noch aus wie eine alte Hexe", sagt sie mit einem Anflug von Galgenhumor zu ihrem Spiegelbild", *„aber jetzt weißt du immerhin, dass dein wahres Ich noch nicht völlig verschwunden ist!"*

Moment der Entscheidung

Niemals, so hatte sie gehofft, würde sie in so eine Situation geraten. *Niemals!* Und doch - nun war der Moment gekommen. *Sie* musste die Entscheidung treffen - über Leben oder Tod.

Wie lange war sie eigentlich schon hier? Stunden? Tage? Oder gar Wochen? Wie lange saß sie schon am Bett ihrer Schwester? Die Zeit war ineinandergeflossen wie Lava nach einem Vulkanausbruch - seit jenem verhängnisvollen Augenblick, an dem sie erfahren hatte, dass Iris bei einer harmlosen Blinddarm-OP einen Herzstillstand erlitten hatte, und nun im künstlichen Koma lag. Nichts war mehr wichtig.

Leise Geräusche plätscherten im Hintergrund. Piepsen, Surren, das Geräusch von Gummisohlen auf dem Boden, das die Schwestern beim Laufen verursachten. Stimmen von Vorübergehenden. Sie hörte das alles nur im Unterbewusstsein. Starrte auf die Anzeigen der Monitore, die das Leben ihrer Schwester dokumentierten. Noch ...

Vor wenigen Minuten hatte der Arzt auf der Intensivstation sie darüber informiert, dass Iris Althoff wohl kaum noch eine Chance hatte, wieder vollkommen gesund zu werden. Ob überhaupt und - wenn ja - in welchem Zustand sie aus dem Koma erwachen würde, konnte der Arzt nicht sagen. Und nun stand sie vor der Entscheidung. Sie allein. Ihre Eltern waren schon lange verstorben, weitere Geschwister hatte sie nicht. Auch keinen Ehemann oder Freund, der sie unterstützen konnte. Was sollte sie tun?

Iris war bis vor kurzem eine fröhliche junge Frau gewesen. Gerade mal fünfunddreißig geworden, hatte sie ihr Leben in vollen Zügen genossen. Das Erbe ihrer Eltern hatte ihr dieses sorgenfreie Dasein ermöglicht.

Sie war mit Freunden um die ganze Welt getrampt - nur mit einem Rucksack und einer Isomatte als Gepäck. Hatte Indien, Südamerika, Australien und Neuseeland bereist, in Südafrika und Indonesien gelebt, war über die chinesische Mauer spaziert und in den Anden gewandert, hatte das Basislager des Himalaya bestiegen und den Kilimandscharo in Tansania - und nun lag sie hier; an Schläuche und Apparate gefesselt, bewegungslos, und ständig auf Überwachung angewiesen. Wegen einer Blinddarmentzündung ...

Seitdem sie hier lag, hatte sich keiner ihrer sogenannten Freunde sehen lassen. Kein Anruf, keine Frage nach ihrem Befinden. Nichts. Aber so waren die Menschen. Solange man funktionierte, fröhlich war, das Leben genießen und die Freunde freihalten konnte, waren sie da. Aber in der Not ließen sie einen im Stich. Eine Erfahrung, die auch sie, Senta, oft gemacht hatte. Seitdem hielt sie sich von den Menschen fern. Es machte zwar einsam - aber es ersparte einem auch Enttäuschungen.

Sie wandte sich wieder dem Bett zu, in dem ihre Schwester lag. Wie sollte sie sich nur entscheiden?

Sollte sie veranlassen, dass alle medizinischen Apparate abgeschaltet wurden, und damit den sicheren Tod ihrer Schwester in Kauf nehmen? Oder ihr die Möglichkeit geben, weiterzuleben? Aber was für ein Leben würde das sein? Vielleicht gefesselt an einen Rollstuhl oder ans Bett, angewiesen auf andere, ohne die Möglichkeit, ihr Leben wieder selbst zu gestalten? Oder konnte sie auf ein Wunder hoffen? Iris war noch so jung! Vielleicht hatte der Arzt sich ja geirrt, und sie würde doch wieder ein einigermaßen selbst bestimmtes Leben führen können. Wie würde Iris sich entscheiden, hätte sie die Möglichkeit dazu?

Ein leises Klopfen an der Türe riss sie aus ihren Gedanken. Als sie aufsah, stand die Nachtschwester vor ihr.

„Bitte entschuldigen Sie, Frau Althoff, wenn ich störe. Aber draußen ist ein junger Mann, der Sie sprechen möchte. Er behauptet, der Verlobte Ihrer Schwester zu sein!"

Irritiert wandte Senta sich zum Ausgang, um der Schwester zu folgen. Diese führte sie in einen Warteraum, gleich neben dem Eingang. Der Mann, der darin gesessen hatte, erhob sich bei ihrem Eintritt.

„Hallo, Frau Althoff, mein Name ist Bernd Stettner", stellte er sich vor. „Ich bin vor wenigen Stunden von einer Geschäftsreise aus Singapur zurückgekommen, und habe das von Iris gehört. Gibt es irgend etwas, das ich tun kann?"

„Wer sind Sie überhaupt? Der Verlobte von Iris bestimmt nicht - das wüsste ich!"

„Nein, Sie haben Recht. Ich habe zu einer Notlüge Zuflucht nehmen müssen, damit man mich hier hereingelassen hat. - Iris und ich kennen uns von der Uni. Wir haben zusammen studiert, aber danach haben sich unsere Wege leider getrennt. Hat sie denn nie von mir erzählt?"

Senta überlegte. Doch, da war einmal etwas gewesen. Iris hatte von einem Mitstudenten geschwärmt, in den sie sich verliebt hatte, den aber dann ihre beste Freundin ihr vor der Nase weggeschnappt hatte. Was wollte er nun hier?

Sie musterte den Besucher von Kopf bis Fuß. Groß, schlank, gepflegtes Äußeres. Die blonden, von der Sonne gebleichten Haare ein bisschen zu lang. Vielleicht gab es ja in Singapur keine ordentlichen Friseure? Er wirkte sympathisch und vertrauenswürdig. In dieser Hinsicht konnte sie sich auf ihren Instinkt verlassen.

„Ich weiß, was Sie jetzt von mir denken müssen!" Bernd Stettner lief unruhig im Wartezimmer hin und her. „Aber es ist nicht wahr, glauben Sie mir. Ich kann es Ihnen erklären!"

„Dazu ist jetzt wohl kaum der richtige Zeitpunkt", sagte Senta schroff. „Ich muss zurück ins Krankenzimmer. Bitte gehen Sie jetzt!" Sie wandte sich wortlos um, ließ ihn stehen, und ging zurück an das Bett ihrer Schwester.

Nichts hatte sich verändert. Nach wie vor hielten nur die medizinischen Apparate Iris am Leben. Aber Senta wusste nun, was sie zu tun hatte.

Barbaras Geheimnis

Jedermann kennt sie als eine unerschütterliche Person, die für jedes Problem eine Lösung parat hat, niemals aus der Ruhe zu bringen ist, und selbst im größten Chaos immer einen kühlen Kopf bewahrt.

Barbara ist bekannt dafür, dass man sie auch mitten in der Nacht anrufen und sich bei ihr ausweinen kann, wenn es Krach mit dem Ehepartner gibt, der Hund den Teppich vollgekotzt hat oder das Handy urplötzlich den Dienst versagt. Sie organisiert Umzüge für ihre Freunde, schleppt schwere Kisten und Möbel, schmeißt mühelos Partys für zwanzig Leute und sieht selbst nach drei schlaflosen Nächten immer noch aus, als käme sie direkt aus dem Urlaub.

„Wenn die alle wüssten!", denkt Barbara, als sie morgens kurz vor halb acht in ihr Büro kommt. Achtlos wirft sie ihren Mantel über einen der drei Besucherstühle, stellt ihre Handtasche auf den Schreibtisch, und während sie den Anrufbeantworter abhört, fährt sie nebenbei den Computer hoch. Sie ist früh dran heute - aber das ist gut so. Es gibt ihr genügend Zeit, sich auf den Tag vorzubereiten.

Der Terminkalender auf ihrem Schreibtisch zeigt ihr an, dass es heute hektisch zugehen wird. Um halb neun Lagebesprechung mit ihrem Vorgesetzten und den drei Mitarbeiterinnen, für die sie verantwortlich ist. Barbara ist Chefeinkäuferin in einem Modehaus und für die Auswahl der Modelle zuständig, die demnächst im Geschäft verkauft werden sollen.

Um zehn hat sich der erste Vertreter angesagt, um seine neue Frühjahrs-Kollektion vorzustellen; um halb eins der nächste. Um vier hat sie einen Termin beim Zahnarzt. Abends ist sie mit ihrem Mann zum Essen verabredet - sie feiern heute ihren fünften Hochzeitstag.

Der PC ist hochgefahren. Das E-Mail-Postfach blinkt wie wild. Es kündigt neunzehn neue Nachrichten an. Sechs davon sind mit Dringlichkeitsvermerk. Die muss sie unbedingt noch lesen und beantworten, bevor die Konferenz anfängt!

Mit zitternden Händen langt sie in die unterste Schublade ihres Schreibtisches. Dort hat sie - versteckt hinter einem Berg von Schmierpapier - ihr „Vorratslager". Hastig zerrt sie einen noch verschlossenen Karton mit Portionsfläschchen Cognac hervor, reißt die Schachtel auf. Den Inhalt eines der kleinen Fläschchen kippt sie in eine Kaffeetasse, füllt mit Kaffee aus dem Automaten im Nebenzimmer auf und trinkt gierig. Das heiße Getränk brennt ihr in der Kehle - aber es wirkt in Minutenschnelle. Ihre Hände hören auf zu zittern, und sie macht sich daran, ihre E-Mails zu beantworten.

Kurz vor halb neun, bevor sie zu der Besprechung aufbricht, kippt sie noch einen Cognac hinunter - diesmal ohne Kaffee. Sie steckt einen Pfefferminzbonbon in den Mund, von denen sie immer eine Handvoll in ihrer Jackentasche hat, um den Alkoholgeruch zu tarnen. Dann fühlt sie sich fürs erste gerüstet.

Barbara weiß seit langem, dass sie ein Alkoholproblem hat. Aber bisher ist es ihr gelungen, es zu verheimlichen. Nicht einmal Klaus, ihr Mann, ist bisher dahintergekommen. Schon gar nicht ihre Kollegen in der Firma. Es ist ein unbestrittener Vorteil, als Abteilungsleiterin über ein eigenes Büro zu verfügen!

Angefangen hat das Ganze, nachdem ihr erster Mann sie Knall auf Fall sitzen gelassen hat. Sie hatten die Einrichtung ihrer Wohnung und das gemeinsame Auto auf Raten gekauft. Naiv, wie sie damals war, dachte sie sich nichts dabei, dass die meisten Ratenkreditverträge auf ihren Namen ausgestellt waren. Dann war er über Nacht verschwunden, als sie übers Wochenende ihre

Eltern besuchte. Er hatte alles mitgenommen, was nicht niet- und nagelfest war, einschließlich des Autos. Und da saß sie nun - mit einem Berg von Schulden.

Ihre Eltern um Unterstützung zu bitten, wagte sie nicht. Dann hätte sie nämlich eingestehen müssen, dass die Warnung ihres Vaters vor diesem Windhund berechtigt gewesen war. So wurstelte sie sich alleine durch. Da sie in dieser Zeit sehr schlecht schlief, hatte sie sich angewöhnt, abends ein, zwei Gläser Rotwein zu trinken, Das half wenigstens vorübergehend.

Irgendwann stieg sie auf Cognac um. Der wirkte schneller und war leichter zu verstecken. Als ihr - nach mehreren vergeblichen Versuchen, von dem Zeug loszukommen - klar wurde, dass sie abhängig war, gab es kein Zurück mehr. Immerhin hatte sie sich noch so weit im Griff, dass sie sich nicht unkontrolliert volllaufen ließ. Weder bei privaten Festivitäten noch bei Betriebsfeiern trank sie öffentlich mehr als ein oder zwei Gläser Sekt oder Wein. Den notwendigen Pegel füllte sie unauffällig mit ihren Cognacfläschchen auf.

Die Besprechung im Konferenzzimmer dauert erheblich länger als geplant. Als ihr Chef endlich das Ende einläutet, ist es fast halb elf. Barbara hat Mühe, sich zu beherrschen. Ihre Hände zittern wieder - sie braucht unbedingt einen neuen Schuss Alkohol. Doch sie hat keine Zeit, in ihr Büro zu gehen. Im Musterraum wartet bereits seit einer halben Stunde der Vertreter auf sie.

„Sie sehen blass aus, Frau Klaasen", begrüßt er sie, als sie zur Tür hereinkommt, „ist Ihnen nicht gut?"

„Mein Kreislauf macht heute ziemliche Probleme", antwortet sie ausweichend. „Wenn es Ihnen nichts ausmacht, würde ich gerne schnell in meinem Büro ein paar Kreislauftropfen einnehmen!"

„Natürlich nicht", antwortet Gustav Bergmann höflich. „Bevor Sie mir hier noch umfallen ..."

„Kreislauftropfen - welche Ironie!" Fast hätte Barbara gelacht. Eilig rennt sie in ihr Büro, kippt gleich zwei Cognacs hinunter, schiebt einen Pfefferminzbonbon hinterher und hastet wieder zurück.

Die Kollektionsvorlage zieht sich hin. Als Gustav Bergmann endlich seine Muster zusammengepackt hat und sich verabschiedet, muss sie schon ins nächste Zimmer hetzen, wo ein Vertreter für Accessoires seine Kollektion ausgebreitet hat. Die Mittagspause fällt wieder einmal aus.

Kurz nach drei fällt Barbara in ihrem Büro auf den Schreibtischsessel. Ihr ist übel vor lauter Hunger, der Kreislauf spinnt nun wirklich. Nein - den Zahnarzttermin muss sie absagen. Sie kann einfach nicht mehr. Aber zuerst noch eine Portion Alkohol ...

Gegen vier stürzt Carmen Weber, die Sekretärin ihres Chefs, ohne anzuklopfen in Barbaras Büro.

„Menschenskind, Babs, was ist denn los? Seit einer Dreiviertelstunde versuche ich, dich zu erreichen, aber dein Telefon ist ständig besetzt. Herr Markwart braucht dringend ..."

Entsetzt hält sie inne. Neben dem Schreibtisch liegt Barbara auf dem königsblauen Teppichboden, den Telefonhörer noch in der Hand. Intensiver Alkoholgeruch hängt in der Luft. Auf dem Schreibtisch liegen zwei leere Cognacfläschchen.

Börsenfieber

Seine Finger jagen über die Tastatur, als würde er gehetzt. Dicke Schweißtropfen stehen auf seiner Stirn, die er immer wieder geistesabwesend mit dem Hemdsärmel abwischt, während seine Augen wie gebannt die Zahlen auf dem Bildschirm verfolgen. Nicht die kleinste Veränderung in den Kursen entgeht seinem Blick.

Immer wieder klickt er auf den „Kauf"- oder den „Verkauf"-Button. Aktien im Wert von Tausenden von Euro verlassen sein Wertpapier-Depot oder kommen neu hinzu - je nachdem, ob die Kurse fallen oder steigen. Es ist wie ein Spiel. Ein süchtig machendes Spiel um Gewinn und Verlust.

Markus Schrader ist kein professioneller Wertpapierhändler. Er ist nicht einmal Bankkaufmann. Er hat eine Lehre als Schuhmacher absolviert, um irgendwann den Handwerksbetrieb seines Vaters übernehmen zu können. Doch dazu kam es nicht. Die großen Handelsketten traten ihren Siegeszug an. Schuhe wurden so billig, dass sich eine Reparatur nicht mehr lohnte. Sein Vater musste das Geschäft schließen.

Für jemand anders zu arbeiten, kam für Markus nie in Frage. So wurstelte er sich mehr oder weniger erfolgreich durchs Leben.

Er versuchte es mit einem Second-Hand-Shop, in dem er seine eigenen und die ausrangierten Haushaltsgegenstände, Kleider und Elektronik-Artikel seiner Freunde und Bekannten verkaufte. Er übernahm einen Computerhandel von einem seiner Cousins, den er mangels entsprechender Kenntnisse wieder schließen musste.

Eine Zeitlang stieg er bei einem Freund als Teilhaber in dessen Autohandel ein. Doch nachdem er dahinter kam, dass besagter „Freund" ihn nicht nur um einen

Teil seiner Prämien betrog, sondern auch ansonsten in sehr zwielichtige Geschäfte verwickelt war, gab er auch diese Beschäftigung wieder auf. Nicht etwa, weil er schmutzige Geschäfte scheute - nein, die Angst, dabei erwischt zu werden, ließ ihn die Reißleine ziehen. Gerade noch rechtzeitig. Ein paar Monate später flog der Kumpel auf. Er sah nun in der U-Haft seinem Prozess entgegen.

Eines Tages kam Markus dahinter, dass sich an der Börse gutes Geld verdienen ließ - wenn man es geschickt anstellte. Er lieh sich von seinem Vater als „Grundstock" fünfzehntausend Euro - was an sich im Geldgeschäft unter die Bezeichnung „Peanuts" fällt.

Doch was niemand für möglich gehalten hatte (sein Vater am allerwenigsten), gelang: innerhalb kürzester Zeit verdreifachte er das Kapital! Er zahlte seine Schulden zurück und machte weiter. Mit dem Erfolg, dass er knapp zweieinhalb Jahre später nicht nur eine schicke Penthouse-Wohnung, sondern auch ein Luxusauto sein eigen nannte.

Seine Erfolge im Wertpapierhandel verdankt er seiner genauen Beobachtungsgabe und einer großen Portion Glück, gepaart mit seinem Bauchgefühl, dem er sehr große Bedeutung beimisst. Bis jetzt hat es ihn eigentlich selten im Stich gelassen.

Natürlich verkauft er manchmal auch zu spät. Oder er verpasst den besten Kurs für den Kauf. Dann muss er dafür mehr Geld aufwenden und kann es nur schwer wieder hereinholen. Denn jede Transaktion an der Börse ist mit Kosten verbunden. Schließlich wollen auch die Aktienhändler ordentlich mitverdienen. Doch im Großen und Ganzen vermehrt sich sein Einkommen stetig.

Momentan schwanken die Börsenkurse wie Schilfrohr im Wind. Seit ein paar Wochen geht das nun schon so - rauf und runter wie im Express-Fahrstuhl. Seit dem vergangenen Wochenende aber sinken die Kurse unaufhörlich. Eine psychologische Marke nach der anderen wird geknackt. Nichts für schlechte Nerven!

Er schaut nicht auf, als hinter ihm die Türe geöffnet wird, und Judith das Zimmer betritt. Ihre Anwesenheit wird ihm nicht einmal bewusst, als sie unmittelbar hinter ihm steht und über seine rechte Schulter linst.

„Na, spielst du wieder deine Börsenspielchen?", fragt sie nachsichtig. Eine Antwort erwartet sie nicht. Die Erfahrung hat sie gelehrt, dass sie keine bekommen wird. Wenn er mit seinem Aktienhandel beschäftigt ist, kann ein Sprengsatz hinter seinem Rücken explodieren - er würde es vermutlich nicht einmal bemerken.

„Ich gehe mit Lisa in die Stadt - sie braucht ein Kleid für ihren Tanzstunden-Abschussball", sagt Judith der Form halber.

„Jaja, geh nur. Viel Spaß!" Die Antwort kommt so automatisch wie von einem dieser sprechenden Roboter, an die man immer öfter gerät, wenn man eine Versicherung, eine Bank oder einen Arzt anrufen will. Mit Sicherheit hat er gar nicht registriert, was sie ihm mitgeteilt hat. Genauso gut hätte sie sagen können: *„Ich verlasse dich - wir sprechen uns beim Anwalt."*

Judith zuckt die Schultern und geht wieder. Das kennt sie nun schon. Markus ist süchtig - süchtig nach Börsenkursen. So wie andere in Spielhallen an Automaten hängen oder in den Hinterzimmern schmuddeliger Spelunken um harte Dollars pokern, spielt Markus an der Börse mit Aktienkursen.

Aber inzwischen ist sie über das Stadium hinaus, sich darüber zu ärgern. Sie hat sich ihr eigenes Leben eingerichtet; sie geht mit Freundinnen aus, oder - so wie heute - mit ihrer Tochter zum Shoppen. Solange die

Gewinne, die Markus einfährt, die Verluste übersteigen, und er nicht *sie* um Geld bittet, ist es ihr egal, womit er sich beschäftigt.

Das einzige, was ihr Sorgen macht, ist die Tatsache, dass ihr Mann neuerdings angefangen hat, sich mit Derivaten zu beschäftigen. Sie hat zwar herzlich wenig Ahnung vom Börsenhandel. Aber sie weiß - Derivate sind etwas extrem risikoreiches. So eine Art Wetten auf steigende oder fallende Kurse, bei denen das eingesetzte Geld unter Umständen vollkommen den Bach runtergeht. Doch bis jetzt ist alles gut gegangen.

Judith und Markus kennen sich seit ihrer Kindheit. Sie spielten schon zusammen im Sandkasten, saßen nebeneinander in der Schule, machten gemeinsam ihre Hausaufgaben. Selbstverständlich fuhren die Familien auch miteinander in Urlaub. Jeder, der Markus und Judith kannte, nahm an, die beiden würden eines Tages heiraten. Doch dann trennten sich ihre Wege. Judith wechselte aufs Gymnasium, während Markus die Hauptschule absolvierte, und dann seine Ausbildung begann.

Jahre später trafen sie sich wieder - zufällig, auf einer Geburtstagsparty. Beide geschieden und damit gebrannte Kinder.

Aus Erfahrung klug geworden, hat Judith ihre eigenen Konten behalten. Ihrem geschiedenen Mann hatte sie eine allumfassende Kontovollmacht erteilt - und war aus der Ehe arm wie eine Kirchenmaus hinauskatapultiert worden. Bei der Scheidung blieben ihr nur ihre Kleider und die ihrer Tochter. Nicht einmal Unterhalt für Lisa hatte der Kerl gezahlt - er setzte sich kurzerhand ins Ausland ab.

So kann Judith jetzt dem Spekulationswahn ihres Mannes relativ gelassen gegenüberstehen - es ist ja *sein* Geld, das er an der Börse riskiert.

Markus atmet auf, als die Türe sich hinter Judith geschlossen hat. Wenn er so angespannt ist wie im Moment, betrachtet er selbst seine Frau als unliebsame Störung. Niemals würde er es offen zugeben - aber dass seine ständige Beschäftigung mit den Börsenkursen krankhaft ist, weiß er längst. Trotzdem - was soll er machen? Es ist das einzige, womit er wirklich Geld verdienen kann - wenn nicht ...

Plötzliches, wildes Flackern auf seinem Bildschirm holt ihn zurück in die Börsenwelt. Tiefrote Zahlen starren ihn an. Die Kurse fallen ins Bodenlose. Alles, was Aktien in seinem Depot hat - institutionelle Anleger, Fondsmanager, Kleinanleger - jeder will nur noch verkaufen ... verkaufen ... verkaufen ...

Markus bricht der Schweiß aus. Er hat sein ganzes Geld in Derivate investiert und auf steigende Kurse gewettet. Und nicht nur das. Er hat Kredite aufgenommen, um möglichst große Gewinne einzufahren. Wenn bis zum heutigen Abend die Kurse nicht wieder steigen, ist er ruiniert!

Plötzlich erscheint - als Laufband am unteren Ende seines Bildschirms - eine Meldung in Großbuchstaben:

„Börse in Tokio soeben geschlossen ... Börse in Singapur setzt Handel aus ... Börse in Hongkong stellt Aktienhandel ein ... New Yorker Börse öffnet nicht ..."

In diesem Moment bricht nicht nur für Markus eine Welt zusammen. Rund um den Globus sitzen Menschen vor ihren Bildschirmen, starren auf die verhängnisvolle Nachricht und können nicht glauben, was sie da lesen.

Markus macht sich nicht einmal die Mühe, seinen Computer auszuschalten. Steifbeinig wie eine Marionette, an der jemand anders die Fäden zieht, steht er auf, geht zur Türe. Der Fahrstuhl, der zu seiner Penthouse-Wohnung führt, ist offen. Er steigt hinein, fährt nach unten. Niemand begegnet ihm, als er das Haus verlässt und über die Straße zur S-Bahn-Station geht.

Judith und Lisa haben ihre Shopping-Tour beendet und lassen sich in einer Konditorei Kaffee und Kuchen schmecken. Zu ihren Füßen türmen sich die Tüten mit ihren Einkäufen. Neben dem Ballkleid für Lisa, den dazu passenden Schuhen und einer Handtasche hat auch Judith richtig zugeschlagen. Auch sie hat sich ein neues Abendkleid gegönnt. Schließlich will sie ja auf dem Abschlussball ihrer Tochter eine gute Figur machen. Außerdem hat sie einen Rock, zwei T-Shirts und eine weiße Jacke aus Kunstpelz erstanden. Lauter dramatisch reduzierte Angebote aus dem Winterschlussverkauf.

Nicht, dass Judith unbedingt hätte sparen müssen. Diese Zeiten sind zum Glück vorüber. Aber sie hat inzwischen so viele Kleider, dass sie nicht darauf angewiesen ist, die teuren Preise am Anfang der Saison zu bezahlen. Sie wartet geduldig, bis die Geschäfte anfangen, die Preise zu reduzieren - was sie unweigerlich tun. Gerade wenn - wie in diesem relativ warmen Winter - die Sachen wie Blei in den Regalen liegen. Auf diese Art hat sie schon sehr viel Geld gespart. Im Grunde genommen tut sie nichts anderes als Markus - sie spekuliert auf sinkende Preise. Bei diesem Gedanken muss sie grinsen.

Sie winkt dem Kellner, um die Rechnung zu bezahlen. Dann sammeln Judith und ihre Tochter ihre Tüten zusammen und machen sich auf den Weg zur S-Bahn-Station.

Judith fährt nie mit dem Auto in die Stadt. Parkplätze sind Mangelware. Die Parkhäuser sind gewöhnlich überfüllt, und die Gebühren unverschämt teuer. Obendrein hat sie die S-Bahn-Station fast vor ihrer Haustüre.

Noch bevor die beiden die Station erreichen, werden sie aufgehalten. Ein rot-weißes Band versperrt den

Zugang zu den Treppen. Polizisten stehen davor. Eine große Menschenmenge hat sich bereits angesammelt.

„Was ist los?" fragt Judith einen der Wartenden.

„Die Linie 9 fährt nicht", bekommt sie zur Antwort. „An der Station *Hoher Berg* hat sich jemand vor einen S-Bahn-Zug geworfen ..."

***

Die Mutprobe

„Nun spring doch schon endlich, du Feigling! Du traust dich ja doch nicht, wetten?"

Die spöttischen Rufe und das Hohngelächter seiner Klassenkameraden waren bis hier oben zu hören. Tief unter ihm lag das Schwimmbecken. Aus zehn Metern Höhe wirkte es nicht größer als ein Schuhkarton. Eine kleine Pfütze in der riesigen Anlage.

Es war ziemlich kühl heute, eigentlich kein Wetter fürs Schwimmbad. Die wenigen Menschen, die sich hier aufhielten, wirkten wie Ameisen. Geschäftig rannten sie durcheinander, johlten, kreischten, bespritzten sich mit Wasser.

Er stand alleine hier oben. Das war seine Bedingung gewesen: Keiner seiner Klassenkameraden durfte mit heraufkommen. Er hatte Angst. Angst, dass ihn jemand hinunter schubsen würde.

Dabei wollte er doch nur endlich dazugehören. Nicht mehr der Außenseiter sein, den man im Schulhof wie Luft behandelte. Den man allenfalls benutzte, um die Hausaufgaben von ihm abzuschreiben. Der ansonsten als Streber verschrien war, weil er gute Noten hatte. Zudem war er einer, der sich nicht wehrte, wenn die Klassenkameraden ihn trietzten. Dass er obendrein auch noch Cornelius hieß, machte die Sache nicht besser. Zumal seine Mutter ihn einmal, als sie ihn von der Schule abholte, im Beisein der anderen „Connylein" gerufen hatte. Seitdem war er in der Schulklasse unten durch. Das ideale Opfer.

Doch er wollte es ihnen zeigen. Er wollte endlich mittendrin sein, nicht immer nur am Rande stehen. Und deshalb stand er hier oben.

Zaghaft tappte er ein paar Schritte nach vorne. Krampfhaft hielt er sich am Geländer fest. Starrte wie gebannt nach unten. Das Wasserbecken lag so tief unter ihm wie der Grund des Marianengrabens, den sie neulich im Geographie-Unterricht durchgenommen hatten. So kam es ihm jedenfalls vor. Sofort musste er die Augen schließen. Das Schwimmbad drehte sich wie ein Kreisel um ihn. In seinen Ohren rauschte das Blut.

Schon immer hatte er Angst gehabt, wenn er irgendwo hoch oben stand und nach unten schauen musste. Selbst auf den Balkon in der Wohnung seiner Eltern in der zweiten Etage ging er nur, wenn es sich nicht vermeiden ließ.

Vor zwei, drei Jahren hatte ihn sein Vater einmal auf eine Bergwanderung mitgenommen. Um ihm seine Angst auszutreiben, wie er es nannte. Schon in der Seilbahn war ihm speiübel geworden. Oben angekommen, stieg er aus der Gondel, ging zur Berggaststätte, setzte sich drinnen auf eine der Holzbänke und weigerte sich standhaft, wieder herauszukommen. Die Talfahrt bewältigte er - auf dem Boden der Kabine sitzend - mit geschlossenen Augen.

Wieder hörte er seine Klassenkameraden lästern.

„Seht ihr, ich habe es doch gewusst", schrie Benjamin. Er hatte die größte Klappe und war schon alleine deswegen der Anführer der Klassengang. „Connylein traut sich nicht. Seine Mami ist ja auch nicht da und hält Händchen!"

„Also, was ist denn nun, Connylein?", rief ein anderer. „Wenn du jetzt nicht bald springst, kommen wir rauf und holen dich. Schließlich wollen wir hier nicht warten, bis es wieder Winter wird!" Die anderen wieherten.

Cornelius zitterte vor Angst. Er versuchte, sich selbst Mut zu machen. *„Nur drei, vier, Schritte, es sind nur drei, vier Schritte",* betete er sich vor. *„Und dann lass dich einfach fallen. Die anderen können es doch auch!"*

Er holte tief Luft. Schloss die Augen. Hinunterschauen konnte er nicht mehr. Wenn er das tat, würde er umkehren, das wusste er. Zögernd löste er die verkrampften Hände vom Geländer. Erst auf der rechten Seite, dann links. Blindlings tappte er nach vorne. Einen Schritt, zwei, drei, noch einen. Dann fiel er ins Bodenlose.

Obdachlos

Henry legt den Kopf zurück, schließt die Augen und genießt die Mittagssonne. *„Gar nicht so schlecht*, dieses Leben", denkt er. *„Zumindest bei so einem Wetter wie heute."* Doch lange wird das wohl nicht mehr so bleiben. Der Wetterbericht meldet Regen für die nächsten Tage. Regen, und die ersten Herbststürme. Wohin soll er dann gehen? Ein Obdachlosen-Asyl kommt für ihn nicht in Frage. Lieber lebt er weiter auf der Straße - so wie schon in den letzten Monaten. Seit er Anita an seinen besten Freund verloren hat, und seine geordnete Welt völlig aus den Fugen geraten ist.

Armut war nie ein Thema in seinem Leben. Niemals wäre es Henry in den Sinn gekommen, dass er eines Tages auf einer Parkbank würde schlafen müssen. Sein Vater hinterließ ihm eine gutgehende Bäckerei, die er auch lange Zeit erfolgreich weiter führte. Doch dann schossen immer mehr dieser Billig-Backbuden wie Pilze aus dem Boden. In jedem Supermarkt stand ein Automat, in dem die Kunden für billiges Geld ihre Brötchen selber aufbacken und nach einem schrillen Klingelton entnehmen konnten. Niemand wollte mehr *sein* Gebäck - obwohl sich alle Kunden darüber einig waren, dass das Zeug aus den Supermärkten nach Sägemehl schmeckte. Aber es war eben billig. Und das allein zählte.

So hatte er sich eines Tages schweren Herzens entschlossen, den Laden aufzugeben. Der Erlös aus dem Verkauf hätte gereicht, um ihm und Anita ein relativ sorgenfreies Leben zu ermöglichen. Wenn - ja, wenn nicht ein halbes Jahr später seine Frau mit seinem besten Freund auf und davon gegangen wäre. Allerdings nicht, ohne vorher die gemeinsamen Konten leerzuräumen.

Noch heute könnte er sich schwarz ärgern, weil er die Kontovollmacht nicht widerrufen hatte. Wie hätte er aber auch ahnen können, dass Anita ohne jede Vorwarnung ... und dann noch ausgerechnet mit Franz ... Und nun war es zu spät.

Die Scheidung lag gut drei Jahre zurück. Sein Elternhaus, in dem er mit Anita gelebt hatte, musste er, um irgendwie überleben zu können, weit unter Wert verkaufen. Die Immobilienpreise dümpelten damals im Keller herum; das Haus war alt und renovierungsbedürftig - er musste froh sein, es überhaupt loszuwerden.

Der Verkaufserlös ermöglichte es ihm immerhin, eine kleine Zweizimmer-Wohnung zu mieten. Dort hatte er gelebt, bis ihm vor zwei Monaten seine Vermieterin kündigte. Angeblich, weil ihr Sohn die Wohnung benötigte. Angeblich. Doch stattdessen wohnte jetzt ...

Nein, er will darüber nicht nachdenken. Zumal er weder die Energie noch das Geld hat, die Frau zu verklagen. Sein verbliebenes Geld ist inzwischen fast aufgebraucht. Zum Sozialamt zu gehen - das verbietet ihm sein Stolz. Und die Aussicht, dort wie der letzte Dreck behandelt zu werden. Ein anderer Obdachloser hat ihm da so verschiedene Geschichten erzählt ... *Nein, danke!*

Natürlich hat Henry versucht, eine neue Bleibe zu finden. Vergeblich. Der Wohnungsmarkt ist leergefegt. Allenfalls große Wohnungen gibt es - zu horrenden Preisen. Der Fluch der Großstadt. Außerdem - wer will schon einen Mieter, der kein geregeltes Einkommen vorweisen kann? Rente bekommt er frühestens in drei Jahren - und die ist mit Sicherheit nicht üppig.

Die Sonne ist inzwischen hinter dicken Wolken verschwunden. Ein kühler Wind treibt die ersten herabgefallenen Blätter über die Kieswege. Die Dahlien, noch vor wenigen Tagen in voller Blüte stehend, fangen an zu verwelken. Der Sommer ist unwiderruflich vorüber.

Zum Glück hat er gestern auf „seiner" Parkbank eine Jacke gefunden. Einen warmen, pelzgefütterten Anorak. Irgend jemand muss ihn liegen gelassen haben. Ein Tourist vielleicht, oder ein Betrunkener. Bis zum Einbruch der Dunkelheit hat Henry gewartet, ob der Besitzer nicht vielleicht doch zurückkommen würde, weil ihm aufgefallen ist, dass er seine Jacke nicht mehr hat. Doch es kam niemand.

Eine ganze Weile überlegte er, ob er das Fundstück nicht bei der Polizei abgeben sollte. Doch dann siegte die Verzweiflung. Denn die Nächte waren schon jetzt sehr kalt. Auch tagsüber kletterten die Temperaturen kaum mehr über 10 Grad. Schon bald war mit Nachtfrost zu rechnen.

Mit sehr schlechtem Gewissen nahm Henry das Kleidungsstück an sich - immerhin könnte es auch jemandem gehören, dem es noch schlechter geht als ihm selbst. Der dunkelblaue Anorak war ihm zu groß. Kein Wunder. Er hat abgenommen in den letzten Monaten.

Nur einmal am Tag leistet er sich eine Kleinigkeit zu essen. Meist im nahe gelegenen Seniorenstift. Dort gibt es für wenig Geld mittags eine warme Mahlzeit. Hin und wieder steckt ihm ein mitleidiger Passant ein Geldstück zu - oder Susanne, die Streetworkerin, die auf ihrer Runde regelmäßig vorbeikommt. Jedes Mal versucht sie, ihn zu überreden, wenigstens eine Notschlafstelle aufzusuchen, damit er nicht im Freien nächtigen muss. Aber das ist für ihn nur die allerletzte Option.

Henry muss eingeschlafen sein. Aber das bemerkt er erst, als ihm dicke Regentropfen ins Gesicht klatschen.

Fluchend rappelt er sich auf und greift nach der Sporttasche, die neben ihm auf der Bank steht. Sie enthält alles, was er noch besitzt. Viel ist es nicht. Zwei, drei T-Shirts, Unterwäsche, ein Pullover, Strümpfe. Und das für ihn Wertvollste: Die Taschenuhr seines Großvaters, die sein Vater über den Krieg gerettet hat. Seine Mutter gab sie ihm kurz vor ihrem Tod. Materiellen Wert hat die Uhr nicht. Aber sie ist die einzige Erinnerung an seinen Großvater, den er nie kennen gelernt hat. Deshalb würde er diese Uhr auch niemals verkaufen.

Im strömenden Regen flüchtet er in eine Einkaufspassage. Auf einer leeren Bank lässt er sich nieder. Niemand beachtet den einsamen Mann mit der Sporttasche. Vielleicht deshalb, weil Henry wie ein ganz normaler Kunde wirkt, der sich hier nur eine kurze Pause gönnt. Weder ist er unrasiert noch ungekämmt, noch sieht seine Kleidung verwahrlost aus. Dazu lebt er noch nicht lange genug auf der Straße. Noch achtet er auf sein Äußeres. Weil er immer noch hofft, irgendwann wieder eine kleine Wohnung zu finden.

Die Menschen hasten und jagen, rennen von einem Geschäft ins nächste, kommen vollbepackt mit Taschen und Tüten wieder heraus, hetzen weiter. Wohlstandsbürger, die keinen Blick für ihre Mitmenschen haben. Die junge Frau mit den schreiend rot gefärbten Haaren, die ein widerspenstiges, lauthals plärrendes Kind hinter sich her zerrt, wirkt genervt. Eine alte Dame schiebt ihren Rollator vorüber. Auch sie scheint es eilig zu haben. Plötzlich bleibt eine elegant gekleidete Frau mittleren Alters neben der Bank stehen.

„Was für ein Zufall, Herr Koch! Darf ich mich einen Augenblick setzen? Ich suche Sie schon seit Tagen in der ganzen Stadt!"

„Sie - mich?", fragt Henry überrascht. „Kennen wir uns?"

„Sie erinnern sich nicht? Mein Name ist Konstanze Becker. Ich bin ..."

„Die Anwältin meiner Ex-Frau? Ich ... hätte Sie nicht wieder erkannt. Sie ..." Er spricht nicht weiter. Diese Frau hatte er ganz anders in Erinnerung.

„Ich habe mich ziemlich verändert seit Ihrer Scheidung. Ich habe nicht nur eine andere Frisur, sondern auch ein paar Kilo mehr auf den Rippen ..."

„Und weshalb suchen Sie mich?", unterbricht Henry.

„Ich habe etwas für Sie. Von Ihrer Ex-Frau". Die Anwältin kramt in ihrer riesigen Handtasche herum und fördert ein gefüttertes braunes Kuvert zutage, das sie Henry reicht.

„Ich habe Ihnen den Brief per Post zugestellt - aber er kam zurück mit dem Vermerk „unbekannt verzogen!", sagt sie entschuldigend. „Niemand wusste, wo Sie zu finden sind. Und jetzt treffe ich Sie ganz zufällig hier!"

„Und wieso kommt Anita nicht selbst zu mir?" fragt Henry misstrauisch.

„Sie wissen es also noch nicht!" Es ist eine Feststellung, keine Frage.

„Was weiß ich nicht?"

Die Anwältin räuspert sich.

„Ihre Ex-Frau ist tot. Sie hat sich vor zwei Wochen das Leben genommen. Einige Tage vorher war sie bei mir und bat mich, Ihnen diesen Umschlag zu geben, *„falls ihr irgend etwas passieren würde"*. Ja, so hat sie sich ausgedrückt. Niemand hat etwas geahnt. Sie ging aus dem Haus - und ein paar Stunden später fand man sie. Auf ... den Bahngleisen. Sie hat sich vor einen Zug geworfen!"

Entsetzt starrt Henry die Anwältin an.

„Aber - aus welchem Grund? Und was ist mit Franz? Dem Mann, dessentwegen sie mich verlassen hat?"

„Ich weiß es nicht. Aber vielleicht finden Sie in dem Umschlag eine Erklärung. - Ich muss jetzt leider wieder los - in einer halben Stunde habe ich einen Termin mit einem Mandanten."

„Warten Sie, Frau Becker. *Bitte!*" Henrys Stimme nimmt einen flehenden Klang an. „Sie werden doch auch wissen wollen ..." Konstanze Becker nickt.

Mit fliegenden Fingern öffnet Henry den Briefumschlag. Ein Mäppchen mit zwei Schlüsseln, eine Plastikhülle mit mehreren Dokumenten und ein blauer Briefbogen fallen heraus.

Das Schreiben ist kurz. Anita teilt ihrem Ex-Mann mit, dass Franz, ihre große Liebe, von einem Tag auf den anderen mit unbekanntem Ziel verschwunden ist.

„Lieber Henry, wenn du diese Zeilen bekommst, werde ich nicht mehr da sein. Ich kann mit der Schuld nicht länger leben. Ich habe dich in meinem Egoismus ins Unglück gestürzt. Aber ich will wenigstens teilweise wieder gutmachen, was ich dir angetan habe. Anbei mein Testament. Ich habe dich zu meinem Alleinerben eingesetzt. Sonst habe ich ja niemanden mehr. Die Schlüssel gehören zu meiner Wohnung. Ich habe bei meinem Vermieter dafür gesorgt, dass du darin wohnen kannst. Dass ich dich verlassen habe, war der größte Fehler meines Lebens.

Lebe wohl.
Deine Anita

Erschüttert lässt Henry das Schreiben sinken. *„Warum?"* fragt er. Nur dieses eine Wort.

Der Anwältin, die ihm beim Lesen über die Schulter geschaut hat, stehen die Tränen in den Augen. Sie schüttelt stumm den Kopf.

Wortlos steht sie auf, dreht sich um und geht. Ihr Mandant wartet.

* * *

Böse Überraschung

Irgend etwas ist anders, als sie an diesem Abend von ihrem Stammtisch nach Hause kommt.

Sie hat doch noch nie vergessen, die Wohnungstüre abzuschließen, wenn sie das Haus verlassen hat! Doch heute ist die Türe nur ins Schloss gezogen. Seltsam. Sollte Heinz schon von seiner Schafkopfrunde zurück sein?

Mit einem mulmigen Gefühl drückt sie auf den Lichtschalter im Flur und sieht sich um. Ihre Jacken hängen an der Garderobe. Die Türe zur Abstellkammer ist von einer ganzen Batterie an Schuhen blockiert - ihre Schuhe. Ein ständiges Ärgernis für ihren Mann.
Ihr Rucksack liegt auf dem Wäschekorb neben dem Garderobenschrank. Daneben, am Boden, eine Plastiktüte. Alles wie immer. Sämtliche Zimmertüren sind geschlossen. Nur die zum Wohnzimmer steht offen. Aber es dringt kein Lichtstrahl heraus. Heinz muss schon ins Bett gegangen sein.

Sie will die Türe zum Gästezimmer öffnen, um ihre Sachen dort auf die Couch zu werfen. Aufräumen kann sie morgen, jetzt ist sie viel zu müde dazu. Aber die Türe geht nicht auf. Irgend etwas liegt dahinter.

Mit aller Kraft stemmt sie sich dagegen. Und schafft es. Zentimeter für Zentimeter. Knipst das Licht an.

Und dann sieht sie es. Hinter der Türe liegt ein Mensch. Ein Mann. *Ihr* Mann. Mit einem lauten Schrei, der im ganzen Haus zu hören ist, stößt sie die Türe ganz auf. Beugt sich über Heinz. Sieht, dass er noch atmet.

Sie macht kehrt, rast zum Telefon, wählt die Notrufnummer. Erklärt in kurzen Worten die Situation, nennt ihre Adresse, öffnet die Wohnungstüre für den Notarzt, und rennt zurück zu ihrem Mann. Sie beugt sich erneut über ihn. Langsam, ganz langsam schlägt er die Augen auf. Sieht sie an.

„Einbrecher!", bringt er mühsam hervor. „Zwei ... Balkontür ... offen ..."

Von fern hört man das Martinshorn. Erst leise, dann immer lauter. Das Auto mit dem Notarzt. Dann noch eins. Der Krankenwagen. Kreischende Bremsen. Blaulicht flackert vor dem Fenster.

Dann sind sie da. Gerade noch rechtzeitig ...

Seebeben

Dass nichts mehr so sein würde, wie es war, wusste Christophoros, von seinen Freunden „Chris" genannt, seitdem er die Radioberichte von dem schweren Seebeben vor der Küste gehört und kurz danach die Bilder im Fernsehen gesehen hatte. Und dennoch - als er aus dem klapprigen Fischerboot stieg und auf den Kai kletterte (oder das, was davon noch übrig war), kamen ihm vor Entsetzen die Tränen. Den Ort, den er vor einer Woche verlassen hatte, um mit zwei Freunden auf dem Peloponnes zu wandern, gab es nicht mehr. Die Natur hatte ganze Arbeit geleistet.

Sofort, nachdem er erfuhr, dass die Insel, auf der er geboren war und sein ganzes bisheriges Leben verbracht hatte, am stärksten von den Folgen des Unglücks betroffen war, brach er seinen Urlaub ab und machte sich auf den Heimweg. Stávros und Loukas, seine Freunde, sahen dazu keine Notwendigkeit. Ihre Familien lebten auf dem Festland und waren in Sicherheit.

Zwei Tage hatte Chris gebraucht, um von seinem Urlaubsort hierher zu kommen. Für eine Entfernung, die sonst in wenigen Stunden zu bewältigen war. Doch der Inselflughafen, auf dem sonst täglich mehrere Urlaubsflieger ihre Passagiere ausspuckten, existierte nicht mehr. Zwei der drei Fähren, die das Festland mit der Insel verbanden, waren während der Naturkatastrophe zerstört worden und gesunken. Die dritte, nur leicht beschädigt, wurde vom Internationalen Roten Kreuz als Notlazarett benutzt. So war ihm - nach einer anstrengenden Fahrt mit der wenig zuverlässigen Eisenbahn - nur das altersschwache Fischerboot seines Onkels geblieben, der seit Jahren mit seiner Familie auf dem Festland lebte, um auf die Insel zu tuckern.

Von der ehemaligen Kaimauer waren nur noch Fragmente übrig. Steine und Geröll lagen überall herum. In den Häuserruinen waren Rettungskräfte damit beschäftigt, die Trümmer beiseite zu räumen, teilweise mit bloßen Händen. Sie hofften noch immer, Verschüttete lebend bergen zu können. Weinende, verzweifelte Angehörige irrten umher, die nach Mitgliedern ihrer Familien suchten. Andere saßen am Boden, regungslos, wie versteinert. Sie hatten alle Hoffnung aufgegeben.

Der Verkehr auf der Insel war nahezu zusammengebrochen. Nur eine einzige Straße war inzwischen soweit intakt, dass zumindest die Versorgung der Menschen - wenn auch notdürftig - sichergestellt war. Auf ihr bahnte sich ein LKW, beladen mit Wasserflaschen, den Weg nach Norden.

Eingestürzte Häuser und Schutt säumten seinen Weg. Beim Gehen wirbelte Staub auf, der ihm fast die Sicht nahm. Obwohl Christophoros hier geboren war, hatte er Mühe, sich zurechtzufinden.

Die Menschen, die zwischen den Ruinen umherliefen, hatten keinen Blick für ihn. Sie versuchten, aus dem Unglück zu retten, was noch zu retten war. Viel war es nicht.

Von einem der eingestürzten Häuser war immerhin das Erdgeschoss noch stehen geblieben. Doch durch das Mauerwerk zog sich ein breiter Riss bis zum Boden. Über der zerbrochenen Türe stand noch ein Teil der Schrift - „αρτοποιείο" - Bäckerei. Die drei letzten Buchstaben fehlten. Der Laden gehörte seinem Schwager, dem Mann seiner älteren Schwester.

Neben der Treppe hatte jemand ein paar gerettete Gegenstände abgelegt. Eine Plastiktüte, die vermutlich ein paar Kleidungsstücke enthielt. Einen verbeulten, staubigen Kochtopf. Einen Campingtisch aus Plastik. Zwei Korbstühle, einer davon ohne Lehne. In einem offenen Karton mehrere Fotoalben mit zerrissenen Einbänden. Zu sehen war niemand. Zögernd trat Christophoros näher.

„*Eleni? Konstantinos?*", rief er, in der Hoffnung, jemand würde ihn hören. Und ein zweites Mal: „*Eleni? Konstantinos?*" Aber niemand antwortete.

Er wollte sich schon zum Gehen wenden, um sich auf den Weg zum Haus seiner Eltern zu machen, als plötzlich eine Gestalt aus dem Trümmern der zerstörten Bäckerei auftauchte. Ein Mädchen, eher schon eine junge Frau, dreizehn oder vierzehn Jahre alt. Ihr Kleid, früher wohl einmal dunkelrot, war von der Sonne ausgebleicht und an manchen Stellen zerrissen. Es war ihr zu groß und hing wie ein Sack von ihrem Körper. Ganz offensichtlich hatte es früher einmal jemand anderem gehört. Ein unordentlich geflochtener, schwarzer Zopf baumelte über ihrer linken Schulter. Das rechte Knie bedeckte ein einstmals weißer, inzwischen ziemlich schmuddeliger Verband.

„Onkel Chris?", fragte das Mädchen schüchtern. „Onkel Chris - bist du es wirklich?"

„Athina! Gott sei Dank!" Athina war seine Nichte, die älteste Tochter seiner Schwester Eleni und seines Schwagers Konstantinos, den Inhabern der Bäckerei. „Wo sind deine Eltern? Und deine Geschwister?"

Das Mädchen zögerte sekundenlang. Doch dann stürzte sie auf Chris zu, schlang die Arme um seine Hüften und schluchzte zum Gotterbarmen. Chris ließ sie weinen, strich ihr nur hin und wieder tröstend über die zerzausten Haare. Es dauerte lange, bis Athina sich so weit gefasst hatte, dass sie wieder Worte fand.

„Mama und Papa ...", schluchzte sie, „... Papa ist tot. Er hat oben geschlafen, weil er doch immer mitten in der Nacht aufstehen muss. Das ganze Haus hat gewackelt, dann kam die Decke herunter und hat ihn erschlagen ..."

„Wo sind deine Geschwister?", wollte Chris wissen.

„Georgios und Maria waren mit mir im Garten. Wir wollten Äpfel pflücken. Aber der Baum ist durch das Erdbeben umgestürzt. Georgios ist runtergefallen und hat sich ein Bein gebrochen. Maria hat einen Ast auf den Kopf gekriegt. Sie hat sich nicht mehr bewegt!" Wieder wurde ihr Bericht von heftigem Schluchzen unterbrochen.

„Und deine Mama?", fragte Chris. „Was ist mit ihr?"

„Ich weiß nicht." Athina stand auch jetzt, drei Tage nach dem Unglück, noch immer unter Schock. „Irgendwann kamen Männer. Sie haben mein Knie verbunden. Maria und Georgios haben sie mitgenommen, wohin, haben sie mir nicht gesagt. Mama ... ich habe sie nicht mehr gesehen, und niemand hat mir gesagt, wo sie ist!"

„Warum bist du nicht zu den Nachbarn gegangen? Oder zu meinen Eltern? Du bist ganz schön mutig, ganz alleine hier zu bleiben!"

„Die Nachbarn sind nicht da. Die sind einen Tag vor dem Unglück zu ihrer Tochter nach Deutschland geflogen. Und ich konnte nicht weg. Irgend jemand musste doch aufpassen, dass nichts geklaut wird!"

Wäre die Situation nicht so ernst gewesen - Chris hätte lauthals gelacht. Als gäbe es hier noch irgend etwas, das sich zu stehlen lohnte!

... „und ... *deine* Mama und *dein* Papa ...", fuhr Athina fort.

Eine böse Ahnung ergriff Chris. Ein Gefühl, als bekäme er im nächsten Moment keine Luft mehr. Er packte seine Nichte bei den Schultern und schüttelte sie. „Athina!", rief, nein - schrie er, „was ist mit meinen Eltern?"

„Oma und Opa ... Ich wollte ja zu ihnen. Aber als ich hinkam, war das ganze Haus kaputt, so wie unseres auch. Sie haben mich nicht hineingelassen. Ich bin auf dem Hügel stehen geblieben. Ich wollte warten, bis die

Polizei und die Helfer weg waren ... Da habe ich gesehen, wie sie zwei Bündel weggetragen haben, die in Decken eingewickelt waren ..." Wieder konnte Athina nicht weitersprechen. Aber es war auch nicht notwendig.

Keiner von beiden hätte hinterher sagen können, wie lange sie stumm, fassungslos vor der Ruine der Bäckerei standen. Waren es Minuten oder Stunden?

Christophoros war der erste, der sich wieder auf die Wirklichkeit besann. Er war jetzt - obwohl nicht viel älter als Athina - für seine Nichte verantwortlich.

Wortlos bückte er sich, sammelte die wenigen Habseligkeiten ein, die Athina aus dem eingestürzten Haus gerettet hatte, und verstaute sie in der Plastiktüte bei den Kleidungsstücken. Die beiden Stühle und den Campingtisch ließ er an Ort und Stelle. Die konnten sie später immer noch holen.

„Komm", sagte er zu seiner Nichte. „Wir gehen jetzt erst mal zum Haus von Oma und Opa und sehen nach, ob dort noch etwas zu retten ist. Und dann versuchen wir, herauszufinden, wo deine Geschwister sind, und was aus deiner Mutter geworden ist. Danach sehen wir weiter!"

Weder Chris noch Athina warfen einen Blick zurück, als sie die Stätte des Unglücks verließen, um einer ungewissen Zukunft entgegen zu gehen.

Schwarze Schatten

Die Nacht ist mondlos und so dunkel, wie sie nur sein kann. Schwere Regenwolken hängen am Himmel. Kein Stern ist zu sehen. Langsam, lautlos gleiten die beiden Kajaks über den Fluss, jedes besetzt mit vier Männern. Sie tragen schwarze Taucheranzüge und Masken, das wenige, was von ihren Gesichtern zu erkennen ist, mit dunkler Schminke getarnt. Selbst die Paddel der Kajaks sind mit schwarzer Farbe angestrichen. Eigentlich unnötig. Um zwei Uhr früh treibt sich niemand in dieser Gegend herum. Aber sicher ist sicher.

Tagsüber ist das Wasser des Flusses glasklar. So klar, dass man jeden einzelnen Stein erkennen kann. Doch jetzt wirkt es wie schwarze Tinte. Dichtes Gestrüpp an beiden Ufern sorgt dafür, dass selbst die geringe Bewegung des Wassers, wenn die Männer die Paddel eintauchen, nicht zu sehen ist.

Der Fluss verläuft in Windungen in westlicher Richtung. Nach einigen hundert Metern geht er in eine Krümmung um fast 90 Grad über, um dann in südlicher Richtung weiterzufließen. In diesem Rechteck, von zwei Seiten vom Wasser umgeben, liegt eine alte Mühle, die noch heute in Betrieb ist. Hauptsächlich als Attraktion für die Gäste des Restaurants, das vor einigen Jahren ein findiger Gastwirt hier eröffnet hat. Im Sommer ist der Biergarten gut besucht. Viele Ausflügler und Radfahrer kommen hierher, um eine deftige Brotzeit zu genießen. Auch für Motorradfahrer ist die Mühle ein Paradies. Die angrenzende Uferstraße mit den vielen Kurven ist bei ihnen äußerst beliebt.

Jetzt, im Winter, wirkt das Gelände wie ausgestorben. Und doch herrscht Leben im Inneren des alten Gebäudes.

Die Männer in ihren Kajaks haben ihr Ziel erreicht. Sie manövrieren ihre Boote ganz nahe ans Ufer, so dass sie trockenen Fußes aussteigen können. Die Steine knirschen leise, als sie die Gefährte aus dem Wasser ziehen und dann im Gebüsch verstecken.

Niemand spricht ein Wort. Es ist nicht nötig. Sie haben das Szenario oft geprobt. Jeder weiß genau, was er zu tun hat.

Auf der anderen Seite des undurchdringlichen Gestrüpps zieht sich ein schmaler Sandweg entlang, der direkt zur Rückseite des Mühlengebäudes führt. Dahinter erhebt sich eine mehr als drei Meter hohe Mauer, in früheren Zeiten einmal als Hochwasserschutz errichtet. Doch die Mauer ist löchrig geworden, der Putz teilweise abgebröckelt. Für ihren ursprünglichen Zweck würde die Mauer heute nicht mehr taugen. Aber sie bietet immer noch Schutz vor ungebetenen Gästen. Zumal das schwere Eisentor am Haupteingang gewöhnlich von innen verriegelt ist, und nur im Sommer für die Restaurantgäste geöffnet wird. In der Dunkelheit wirkt das Ganze wie eine mittelalterliche Burg.

Im Gänsemarsch bewegen die Männer sich vorwärts. Alle paar Meter lässt der Anführer für einen Sekundenbruchteil eine Taschenlampe aufblitzen, um sich zu orientieren, den Lichtschein mit einer Hand gegen die Mühle abschirmend. Obwohl es wenig wahrscheinlich ist, dass auf der anderen Seite der Mauer jemand Wache steht.

Sie kommen nur langsam vorwärts. Doch endlich haben sie ihr Ziel, das Mühlrad, erreicht.

Wieder lässt der Anführer seine Taschenlampe aufleuchten. In ihrem Schein wird ein Abflussrohr sichtbar, gerade breit genug, dass ein sehr schlanker Mensch hineinkriechen kann. Dieses Abflussrohr ist die Achillesferse der Mühle - und das Ziel des nächtlichen Unternehmens. Es führt unterhalb der Mauer in das Innere und dient im Sommer dem Gastwirt dazu, seine Abwässer in den Fluss zu leiten. Legal ist das nicht - aber ein entsprechendes Bakschisch an den Verantwortlichen bei der Gemeinde hat dafür gesorgt, dass dieser beide Augen zudrückt.

Der Anführer tritt zur Seite. Er ist nicht schlank genug, um durch das Abflussrohr zu kriechen. Es ist verabredet, dass er, sobald der letzte der Männer in das Rohr gekrochen ist, um die Mauer herum zum Haupteingang läuft. Einer seiner Leute wird dann das Eisentor entriegeln und ihn hereinlassen.

Einer nach dem anderen kriechen die Männer in ihren Tauchanzügen in das Abflussrohr. Es sind nur wenige Meter. Das Rohr endet auf der anderen Seite der Mauer im Inneren des Gebäudes, genau neben der jetzt unbenutzten Küche. Dieser Raum dient im Sommer als Getränkelager. Einige leere Bierfässer stehen darin. Sie tarnen perfekt die illegale Entsorgungsstation. Gut, dass die Gäste, die sich hier tummeln, diesen Raum niemals zu Gesicht bekommen!

Aus dem Hauptraum der Mühle, der als Restaurant dient, sind mehrere Stimmen zu hören. Es hört sich nach einem Streit an. Das schrille Organ einer Frau durchschneidet das Stimmengewirr. Eine Männerstimme antwortet, leise, in dem Versuch beruhigend zu wirken. Doch die Frau schreit noch lauter. Dann eine weitere Männerstimme. Es müssen also mindestens drei Leute sein.

Niemand hört die schwarz gekleideten Gestalten, die nacheinander aus dem Wasserrohr kriechen, sich sofort lautlos verteilen und das Restaurant umstellen.

Einer von ihnen schleicht aus dem Haus zum Haupteingang, um den Anführer hereinzulassen.

Plötzlich fällt draußen ein Schuss. Und dann geht alles ganz schnell.

Die Haustüre knallt gegen die Wand, und ein dunkelhaariger Mann stürzt ins Gastzimmer, der vor dem Gebäude Wache gestanden hat.

„Überfall!", schreit er schrill.

Unmittelbar hinter ihm springen zwei der Angreifer in den Raum. Einer schubst den Schwarzhaarigen, so dass er das Gleichgewicht verliert und auf eine der Bänke fällt. Der andere schnellt mit vorgehaltener Pistole zum Tisch, um den die Streithähne versammelt sind, deren Stimmen sie vorhin gehört haben.

„Hände hoch! Polizei!"

Nach und nach betreten drei weitere Polizisten die Gaststätte, Pistolen in der Hand. Einer fesselt den Mann auf der Bank. Die anderen entwaffnen die beiden Männer und die Frau am Tisch. Keiner leistet Widerstand. Sie wissen, dass sie geschlagen sind. Dann klicken die Handschellen.

Auf dem Tisch türmt sich das, weswegen die ganze Aktion heute Nacht gestartet wurde: Goldene Uhren, Münzen, Brillanten. Edelsteine aller Art. Teure Handys. Ein Laptop. Gold- und Silberschmuck. Alles erbeutet bei Überfällen, Einbrüchen, Trickdiebstählen, dazu bestimmt, unauffällig jenseits der Grenze verkauft zu werden. In einem Karton kleine Tütchen mit weißem Pulver. Rauschgift.

„Nicht schlecht! Einmal quer durchs Strafgesetzbuch!" Einer der Polizisten nickt anerkennend. „Mit dem Diebesgut haben wir ja gerechnet - aber dass ihr auch noch dealt, setzt dem Ganzen die Krone auf!"

„Wie habt ihr uns gefunden?", fragt der Anführer der Gefangenen, ein vierschrötiger Glatzkopf mit tätowierten Armen und einem nietenverzierten Gürtel um den dicken Bauch. Unverkennbar aus der Rockerszene.

Statt einer Antwort zieht sich einer Schwarzgekleideten die Tauchermaske vom Gesicht. Darunter kommt eine junge Frau mit raspelkurzen schwarzen Haaren zum Vorschein.

„Linda - *du*? Ich fasse es nicht! *Du* hast uns verraten? Meine eigene Schwester - ein Polizeispitzel?!" Die Stimme des Mannes auf der Bank ist dunkel vor Wut.

„Überläufer", korrigiert Linda kalt. „Ihr hättet besser nicht versuchen sollen, mich um meinen Anteil zu betrügen!"

Karinas Einsatz

Die Party ist in vollem Gange. Laute Unterhaltung, Gelächter, das Klirren von Gläsern erfüllen das Haus. Im Garten tummeln sich trotz der abendlichen Kühle vor allem die Raucher. Der Hausherr hat sie nach draußen verbannt. In seinem neuen Domizil riecht es noch jungfräulich nach Farbe, Tapetenkleister, Holz und Putzmitteln. Qualm ist hier absolut unerwünscht.

In der Hand ein Glas Champagner, lehnt Karina in der Küche an einem Hochschrank. Hier ist es relativ ruhig, der Partylärm nur gedämpft zu hören. Sie sinnt darüber nach, wie sie möglichst unauffällig verschwinden kann. Es ist fast Mitternacht. Morgen früh muss sie um acht im Dienst sein. Sie kann es sich nicht leisten, verschwiemelt und verkatert dort aufzulaufen. Sie braucht das Geld. Seit Konrad zu seiner neuen Freundin gezogen ist, kämpft sie hart um ihre Existenz.

„Ich hätte gar nicht herkommen sollen" denkt sie reuevoll. Doch der Hausbesitzer ist ihr Schwager, und sie wollte ihre Schwester nicht vor den Kopf stoßen. Aber nun ist es genug mit der Höflichkeit. Sie wird jetzt einfach gehen und ihre Schwester morgen anrufen, um sich für die Einladung zu bedanken.

Entschlossen stellt sie das mittlerweile leere Sektglas auf die Spüle und macht sich auf den Weg zum Ausgang. Ein Schwall eiskalte Luft trifft sie, als sie die Haustüre öffnet. Fröstelnd zieht sie den dünnen Blazer fester um ihre Schultern. Der Sommer ist vorüber - ohne jeden Zweifel.

„Hey, Karina, du wirst doch nicht schon verschwinden wollen? Du bist doch nicht etwa krank?" Ein Mann stellt sich ihr in den Weg. Sie kennt ihn nur flüchtig. Sein

Name ist Klaus. Ein Schulfreund ihrer Schwester. Notar, Staatsanwalt, Strafverteidiger - irgend so ein staubtrockener Paragraphenhengst. Sie hat sich bei der Vorstellung nicht alle Gäste gemerkt. Unmöglich - bei nahezu fünfzig Personen!

„Nein, ich bin nicht krank. Aber ich muss morgen früh zum Dienst, und da will ich ausgeschlafen sein!"

„Dienst? Morgen? Aber morgen ist Sonntag!" Es klingt irgendwie vorwurfsvoll.

„Es soll Leute geben, die auch sonntags arbeiten müssen!"

„Und was machst du? Hebamme? Aufpasserin in einer Muckibude? Krankenschwester? Bäckereiverkäuferin?"

„Toilettenfrau am Hauptbahnhof", gibt Karina schnippisch zurück. „Und nun lass mich vorbei. Wenn ich mich beeile, erwische ich noch den Lumpensammler..."

„Den - was?" Klaus starrt sie an, als hätte sie sich urplötzlich nackt ausgezogen.

„Lumpensammler. Den letzten Bus, der heute noch fährt! Solltest du aber wissen, wenn du hier zu Hause bist!"

„Ich fahre entweder Taxi - oder ich nehme den *ersten* Bus am Morgen!", sagt er trocken. „Aber wenn du nichts dagegen hast, begleite ich dich. Ich wollte auch gerade gehen!"

„Wenn du meinst." Karina hat keine Lust, sich mit Klaus herumzustreiten. Sie ist müde, die neuen Schuhe mit den spitzen Absätzen drücken, und ein Kratzen im Hals kündigt eine Erkältung an.

Wortlos wendet sie sich zum Gehen. Niemand beachtet die beiden, als sie durch einen Nebeneingang den Garten verlassen. Es ist stockfinster. So schnell es ihre hochhackigen Schuhe erlauben, läuft Karina die Straße entlang. Sie will unbedingt den „Lumpensammler" noch erwischen - Geld für ein Taxi hat sie nicht. Ihr Gehalt langt gerade so für das Allernötigste.

„Sag mal, rennst du immer so?", fragt Klaus, der trotz seiner langen Beine Mühe hat, mir ihr Schritt zu halten.

„Nur wenn ich friere. Und wenn ich es eilig habe", gibt Karina zurück. Sie hat ihn nicht darum gebeten, sie zu begleiten. Es ist ihr egal, ob er mithalten kann oder nicht.

Eine knappe Viertelstunde später ist der Bahnhof in Sicht. Der Bus in Richtung Osten fährt vorm Haupteingang ab. Um zur Haltestelle zu kommen, müssen sie eine Unterführung passieren. Oben drüber rollt der Verkehr.

Die Unterführung ist düster. Viele der trüben Lampen funktionieren nicht. Mit Graffiti beschmierte Wände starren die Leute an, die diesen Weg nehmen müssen. Es stinkt nach Essensresten, Bier, Erbrochenem und Exkrementen. Nachts ist das hier ein Treffpunkt der ortsansässigen Obdachlosen.

In diesem Moment ist Karina froh, nicht alleine zu sein. Sie beschleunigt ihre Schritte, obwohl niemand zu sehen ist. Die Rotweinbrigade ist anscheinend heute anderswo unterwegs ... Sie und Klaus haben die Unterführung fast durchquert, als plötzlich Stimmen zu hören sind. An der letzten Biegung, kurz vor der Treppe, die nach oben zu den Bushaltestellen führt, stehen sie.

Es sind drei. Zwei Männer und eine Frau. Die Männer mit Glatzen, in Lederkluft und Springerstiefeln. Einer trägt eine Eisenkette als Gürtel. Der andere hat ein rotes Hundehalsband um, das er wie eine Halskette trägt. Die Frau sieht wie eine Prostituierte aus. Minimalistisches Röckchen, Nahtstrümpfe, Ausschnitt bis zum

Magen, aus dem die Brust fast herausquillt. Ordinäre Schminke. Alle drei rauchen. Sie blockieren den Treppenaufgang, rücken keinen Millimeter zur Seite.

„Würdet ihr uns vorbeilassen - wir wollen den Bus noch erwischen", bittet Karina höflich.

Der mit dem Hundehalsband grinst. „Ach was, Puppe!", sagt er genüsslich. „Und was ist, wenn du ihn nicht erreichst? Schläfst du dann hier bei uns? Mein Freund hier braucht nämlich noch einen Bettwärmer für heute Nacht!"

„Der kann sich bei mir höchstens kalte Füße holen", gibt Karina trocken zurück. „Also los - lasst uns schon durch".

„Habt ihr nicht gehört, was die Dame sagt?", mischt sich Klaus ein, als die drei noch immer keine Anstalten machen, zur Seite zu gehen.

„Dame - pffffft - ich sehe hier keine!" Ein Schwall Zigarettenrauch wird Klaus ins Gesicht geblasen.

„Hör auf damit, er ist Nichtraucher! Und jetzt - Platz da!" Noch immer bleibt Karina ruhig. Sie schiebt den Kerl mit dem Hundehalsband zur Seite, um zur Treppe zu gelangen.

Dann passiert alles gleichzeitig.

Mit einer blitzschnellen Bewegung reißt der Rocker sich das Halsband herunter, holt damit aus und schlägt es Klaus ins Gesicht. Der schreit gellend auf und geht zu Boden, als das spitzenbewehrte Leder ihm die Haut aufreißt. Zwischen seinen hochgerissenen Händen tropft Blut hervor.

Der zweite Kerl wirft sich im gleichen Moment auf Karina. Reaktionsschnell dreht sie sich zur Seite, so dass er sie nicht mit seinem vollen Gewicht trifft. Sie schwankt, versucht mühsam, das Gleichgewicht zu halten. Der Kerl packt sie mit eisernem Griff am rechten

Arm, um sie zu sich herüberzuzerren. Karina wehrt sich nicht, lässt sich mitziehen. Genau im richtigen Moment nutzt sie die Hebelwirkung, wirft sich mit ganzer Kraft gegen den Angreifer, reißt ihn mit sich. Beide rollen über die dreckigen Fliesen.

Karina kämpft mit allen Mitteln. Ihre langen Fingernägel reißen dem Kerl tiefe Spuren ins Gesicht. Sie kämpft sich frei, rappelt sich hoch. Ihr Gegner will ebenfalls aufstehen. Doch Karina ist schneller, wendiger. Ihr linkes Knie schnellt hoch, trifft den Angreifer in die Weichteile. Als der sich vor Schmerzen krümmt, knallt sie ihm die Handkante in den nun ungeschützten Nacken. Wie ein gefällter Baum stürzt er zu Boden und rührt sich nicht mehr.

Karina wendet sich Klaus zu, der inzwischen wieder aufgestanden ist. Eine Pistole ist auf ihn gerichtet. Die Hand des Rockers mit dem Hundehalsband zittert nicht.

Drei schnelle Schritte, dann ist Karina bei dem Kerl angelangt. Noch ehe er reagieren kann, schnellt ihr Fuß hoch. Ein gezielter Tritt trifft sein Handgelenk. Die Waffe fällt ihm aus der Hand, Karina genau vor die Füße. Sie bückt sich, hebt sie auf und richtet sie nun ihrerseits auf den Widersacher.

„Aufstehen!", kommandiert sie. „Geh rüber zu deinem Kumpel, damit ich euch beide im Auge habe. Wo ist das Mädchen?"

„Abgehauen", antwortet Klaus. „Ich habe sie davonrennen sehen - Richtung Bahnhof!"

„Lass sie. Sie hat nichts gemacht. Hier!" Karina langt mit der freien Hand in ihre Jackentasche, zieht ihr Handy heraus und wirft es Klaus zu. „Ruf die Polizei an. Du brauchst nur den Notruf zu drücken! Na los - mach schon. Ewig kann ich die beiden nicht in Schach halten!"

Klaus gehorcht. Es dauert nur wenige Minuten, bis zwei Streifen herbeieilen. Hier patrouillieren fast immer Polizisten - die Unterführung ist nicht nur ein stadtbekannter Obdachlosentreff. Hier wird auch mit Drogen gedealt, und gelegentlich bieten Prostituierte ihre Dienste an. Die Stadtverwaltung versucht ständig, die „Szene" zu verdrängen - bisher mit wenig Erfolg.

Die Handschellen klicken - die Festnahme ist nur noch Routinesache. Karina hat ganze Arbeit geleistet.

„Kommst du nachher aufs Revier?", fragt einer der Polizisten. „Wegen des Protokolls?"

„Ich habe sowieso um acht wieder Dienst - bis dahin wird es doch Zeit haben - oder?" Karina klaubt ihre Schuhe auf, die sie während des Kampfes verloren hat, schlüpft hinein und zwinkert dem Polizisten zu.

„Ich werd' verrückt! Du bist bei der *Polizei?"* Klaus starrt Karina an, als sähe er einen Geist.

„Hauptkommissarin Karina Bauer", stellt ihr Kollege grinsend vor. „Raubdezernat! Und Nahkampf-Expertin..."

„Übertreib nicht so schamlos, Manfred!", protestiert Karina. „Ich habe früher Karate betrieben - bis zum Schwarzen Gürtel", klärt sie Klaus auf. „Damals war ich ziemlich gut - aber jetzt bin ich völlig aus der Übung!"

„Na, für die da hat es immerhin gereicht!" Manfred wirft einen bezeichnenden Blick auf die beiden Gefesselten.

„Da hatte ich auch das Überraschungsmoment auf meiner Seite", meint Karina trocken. „Gegen einen trainierten Karatekämpfer hätte ich heute keine Chance mehr!"

„Alle Achtung! Vor dir muss man ja richtig Angst haben!", stellt Klaus verblüfft fest.

„Aber nur, wenn du mir an die Wäsche gehst!" Karina grinst ihn an. „So, und jetzt ..."

„… gehen wir erst mal zu mir!" Klaus nimmt Karina beim Arm und zieht sie mit sich, ohne eine Entgegnung abzuwarten. „Mein Büro ist gleich um die Ecke. Dort gibt es ein Bad mit allen Schikanen, in dem wir uns erst mal restaurieren können. Dein Bus ist sowieso über alle Berge!"

Das süffisante Grinsen der Polizeibeamten, die mit den Rockern in die andere Richtung verschwinden, entgeht ihm nicht.

Blackout im Kaufhaus

Sie stand mitten im Einkaufsgewühl, wie eine Insel im Ozean. Rings um sie brandeten die Kunden, umgingen das Hindernis. Manche schweigend, andere mit strafenden Blicken, oder auch mit Beschimpfungen.

Jedermann hatte es eilig. Schließlich war heute die letzte Gelegenheit zur Erledigung vergessener Einkäufe, zur hektischen Jagd nach Weihnachtsgeschenken, zur Besorgung von Delikatessen für die Feiertage.

Heute war Samstag. Auf den morgigen Sonntag fiel nicht nur der vierte Advent, sondern gleichzeitig auch der Heilige Abend. Drei volle Tage, an denen die Geschäfte geschlossen blieben. Was man dann vergessen hatte, fehlte eben.

Entsprechend chaotisch ging es im Kaufhaus zu. Kinder schrien, Erwachsene schubsten sich gegenseitig aus dem Weg, und das Personal an den Kassen schuftete wie die Sklaven. Bis jetzt ohne sichtbaren Erfolg - die Schlange der Kunden wurde einfach nicht kürzer.

Alle sehnten den Abend herbei. Da war es ein Unding, dass jemand einfach so mitten im Weg stand, die Menschen dazu nötigte, um das Hindernis herumzulaufen, und nicht dazu zu bewegen war, wenigstens einen Schritt zur Seite zu machen. Maria Förster merkte nichts von dem Aufruhr ringsum. Sie sah, hörte und registrierte nichts. Ihr Kopf war völlig leer - erfüllt von einer tiefen Schwärze. Weder wusste sie, *wo* sie war, noch wie sie hierhergekommen war, oder was sie hier wollte. Als hätte plötzlich jemand in ihrem Inneren einen Schalter umgedreht, der ihr ganzes bisheriges Leben einfach auslöschte.

Sie bemerkte weder die hastenden Menschen, die durch die Drehtür ins Innere des Kaufhauses strömten, auf der Jagd nach all dem, was sie an den Feiertagen nötig zu haben glaubten. Ebenso wenig beachtete sie die anderen, die mit prall gefüllten Einkaufstüten, quengelnde Kinder an der Hand, durch die gleiche Türe nach draußen gewirbelt wurden.

Sie hörte auch nicht die zum hundertsten Mal abgenudelten Weihnachtslieder, die sowohl dem Personal als auch vielen Kunden zunehmend auf die Nerven gingen.

Blinkende und glitzernde Weihnachtsbeleuchtung in Form von Kerzen, Rentieren, Sternen und Girlanden erfasste ihr Gehirn ebenso wenig wie den dicken Nikolaus, der - einen Sack auf der Schulter - neben der Kasse stand, und die Kinder der wartenden Kunden mit kleinen Geschenken bei Laune hielt. Wenn sie den Mund voll Schokolade hatten, hörten wie wenigstens minutenlang auf zu quengeln!

Plötzlich durchschnitt eine Sirene das Getümmel. Ein Martinshorn. Laut, schrill, unüberhörbar.

Gedankenfetzen flogen durch Marias Gehirn. Zuerst ohne Sinn und Zusammenhang, dann immer deutlicher. Sie formierten sich zu einem einzigen Gefühl: Panische Angst.

Und dann war plötzlich alles wieder da. Als hätte jemand eine Geröllawine ausgelöst, prasselten Gedanken wie Steine auf sie ein.

Der Streit mit Manuel. Die völlig grundlose Eifersuchtsszene. Seine Drohung, ihr die Kinder wegzunehmen. Sie schrien sich an, er schlug sie. Stieß sie zu Boden. Als sie sich aufgerappelt hatte, sah sie noch durchs Küchenfenster, wie er Elena und Lukas in seinen Kleinwagen zerrte.

Sie rannte die Treppe hinunter, wollte ihn aufhalten. Sekunden später ein nervenzerfetzendes Krachen. Ein schwerer Laster, der das Auto Manuels unter sich begrub. Das Martinshorn. Ein Notarzt und ein Krankenwagen. Das schwarze Fahrzeug mit den undurchsichtigen Fenstern.

Und dann die drei Särge. Ein großer und zwei kleine. Danach - nichts mehr.

Und nun stand sie hier, mitten im Einkaufsgewühl, wie eine Insel im Ozean ...

Sekundenschlaf

Morgen ist Silvester. Gott sei Dank fällt er dieses Jahr auf einen Sonntag. Ein halber Arbeitstag geschenkt ...

Gähnend langt Irena nach der Colaflasche auf dem Beifahrersitz. Sie ist schon gut zur Hälfte leer - aber sie hat es bald geschafft. Noch fünfunddreißig Kilometer bis zur Autobahnausfahrt. Danach geht es nochmal fast zwanzig Kilometer über die Landstraße, und sie ist zu Hause. *Endlich!*

Die Fahrt war anstrengend, obwohl die Autobahn um diese Zeit verhältnismäßig leer ist. Aber nach einem Zehn-Stunden-Tag, fast ohne Pause, nahezu ständig auf den Beinen, und dann dreihundert Kilometer Fahrt ...

„Vielleicht hätte ich doch erst mal ausschlafen sollen", geht es Irena durch den Kopf, *„und dann morgen früh losfahren ..."* Aber nachts ist die Autobahn erfahrungsgemäß leer, bis auf die LKW. Außerdem - schlafen kann sie jetzt lange genug. Sie hat Urlaub und muss erst am 11. Januar wieder zur Arbeit.

Ihre Gedanken wandern zu ihrer Familie, die sie in weniger als zwei Stunden endlich wieder einmal sehen wird. Wie gerne hätte sie schon das Weihnachtsfest zu Hause gefeiert - zusammen mit ihren Eltern, den vier Geschwistern, ihren Nichten und Neffen. Aber sie hat keinen Urlaub bekommen.

Irena ist die einzige Mitarbeiterin, die solo ist. Die Kolleginnen mit Mann und Kindern hatten natürlich Vorrang. Zumal sie erst im September in diesem Salon angefangen hat.

Anfangs war Irena sehr traurig darüber. Aber sie musste ja froh sein, diese Stelle als Empfangsdame überhaupt bekommen zu haben. Bei weit über hundert Bewerberinnen ...

Irena hat immer von einem eigenen Friseursalon geträumt. Jeden Cent hat sie zurückgelegt, neben ihrer Ausbildung einen Kosmetikkurs absolviert, Lehrgänge besucht. Ihre Abschlussprüfung hat sie als Jahrgangsbeste bestanden, sogar mit Auszeichnung von der Handwerkskammer.

Doch dann dieser verhängnisvolle Tag im August vor einem Jahr. Ihr damaliger Freund und sie waren mit dem Motorrad zu einer Wochenend-Tour an den Bodensee gefahren. Auf der Rückfahrt verlor Alex in einer Kurve die Kontrolle über das Motorrad. Die Maschine prallte gegen die Leitplanke, wurde darüber hinweg katapultiert und blieb in einem angrenzenden Acker liegen. Alex war sofort tot. Irenas rechtes Bein und der rechte Arm waren fast vollständig zertrümmert.

Nach monatelangem Krankenhausaufenthalt und mehreren Operationen war Irena so weit wieder hergestellt, dass sie einigermaßen laufen und ihren rechten Arm - wenn auch eingeschränkt - bewegen konnte. Aber stundenlanges Stehen war ihr unmöglich geworden. Der Traum vom eigenen Friseursalon war ausgeträumt.

In ihrem jetzigen Job war sie zufrieden. Sie saß an der Rezeption, nahm die Kunden in Empfang und ihre Wünsche entgegen, sorgte für einen reibungslosen Ablauf im Friseursalon, kassierte und bediente das Telefon. Ab und an, wenn - wie heute - Hochbetrieb herrschte, durfte sie auch Kundinnen bedienen. Es war zwar nicht ganz das, was sie sich für ihr Leben gewünscht hatte - aber das Beste, was ihr passieren konnte.

Irenas Blick fällt auf die Uhr am Armaturenbrett. Fast dreiundzwanzig Uhr. Ob noch jemand von ihrer Familie auf war, wenn sie ankam? Oder lagen alle schon im Tiefschlaf? Nein, sicher nicht. Wenn die komplette Familie sich einmal traf - was selten genug vorkam - ging es immer hoch her!

Beinahe hätte Irena die Ausfahrt verpasst. Im letzten Moment sieht sie das Hinweisschild, setzt den Blinker und verlässt die Autobahn.

Wieder angelt sie nach der Getränkeflasche. Vermutlich wird sie jetzt die ganze Nacht wach liegen - nach fast einem Liter Cola ... Aber - egal. Morgen kann sie ja ausschlafen.

Die Landstraße ist eng, kurvig und schlecht beleuchtet. Ein Glück, dass in diesem Jahr der Winter so mild ist! Sonst liegt um diese Zeit jede Menge Schnee, die Straßen sind glatt und extrem gefährlich. Gerade wenn Gegenverkehr herrscht und an den Straßenrändern die Schneeberge aufgetürmt sind.

Irena hat Mühe, sich zu konzentrieren. Müdigkeit und Finsternis machen ihr zu schaffen, trotz der großzügigen Koffein-Zufuhr. Sie kurbelt das Fenster auf der Fahrerseite herunter, um frische Luft hereinzulassen. Elektrische Fensterheber hat ihr uraltes Auto noch nicht. Viel nützt es nicht - es wird nur eiskalt. Sie schließt das Fenster wieder.

Endlich hat sie die kurvige Strecke hinter sich gebracht. Der Wald weicht zurück, es wird heller. Die nächste Ortschaft ist nicht mehr weit. Dann sind es nur noch acht Kilometer.

Sie freut sich ungemein auf ihre Familie. Ihre Eltern hat sie seit drei Monaten nicht mehr gesehen. Ines, ihre älteste Schwester, trifft sie noch seltener, seit diese geheiratet hat und mit ihrem Mann nach Schweden gezogen ist. Ihren kleinen Neffen, der im Juni geboren wurde, kennt sie noch gar nicht.

Ihre beiden Brüder, Ben und Tony, leben mit ihren Familien in Schleswig-Holstein. Nur Anna, die Jüngste, ist in der Nähe ihrer Eltern geblieben. Ihr Mann hat kürzlich den Bauernhof seiner Eltern übernommen; die Erzeugnisse verkauft Anna im hofeigenen Bioladen.

Abrupt wird Irena aus ihren Gedanken gerissen. Urplötzlich sieht sie sich auf den Straßenrand zuschießen. Ein schrilles Kreischen ertönt, als sie die Leitplanke streift. Panisch reißt sie am Lenkrad. Das Auto dreht sich, wird zur Straßenmitte katapultiert. Irena sieht zwei Lichter auf sich zukommen, tritt instinktiv auf die Bremse. Zu spät. Ihr Kleinwagen und das entgegenkommende Fahrzeug, ein mit fünf jungen Leuten vollbesetzter PKW, prallen frontal aufeinander. Sie haben keine Chance.

Ein gutes neues Jahr...

Dreißigster Dezember, zwanzig Uhr. Feierabend. *Endlich!*
Erleichtert verriegelt Elke Burgsmüller hinter dem letzten Kunden den Haupteingang des Supermarktes und zieht sich dann ins Büro zurück, um die Tageseinnahmen abzurechnen.

Nach und nach liefern die Kassiererinnen ihre Kassetten mit den eingenommenen Geldern bei ihr ab, wünschen ihr einen guten Rutsch ins neue Jahr und gehen nach Hause. Nur Gerhard Kaiser, ihr Stellvertreter, bleibt noch. Er wird nachher - so ist es Vorschrift - mit ihr zur Bank gehen, um die Geldbomben zum Nachttresor zu bringen.

„Bin ich froh, dass Silvester dieses Jahr auf einen Sonntag fällt!" Auch Gerhard ist erleichtert. „Andernfalls müssten wir morgen auch noch bis zum Spätnachmittag malochen!" Er hat vom Automaten draußen im Flur zwei Becher Kaffee geholt. Einen davon stellt er Elke auf den Schreibtisch.

„Die Leute sind aber auch furchtbar!" Dankbar nimmt Elke einen Schluck von dem heißen Getränk. „Kaum ist der zweite Weihnachtsfeiertag vorüber, rennen sie los, um die kaum ausgepackten Geschenke umzutauschen. Oder ihre Geldgutscheine einzulösen. In der Hoffnung, dass dann schon fast alles reduziert ist. Und natürlich müssen auch für die Silvesterfeier wieder Vorräte angehäuft werden, als hätte man eine Hungersnot zu überstehen!"

„Stimmt doch auch!", bemerkt Gerhard grinsend. „An Neujahr kann man ja schließlich *schon wieder* nicht einkaufen!

Die Tagesbilanz ist höchst erfreulich. Achtundachtzigtausend Euro ergibt die Endabrechnung. Eine Glückszahl. Und das einen Tag vor Silvester!

Kurz vor einundzwanzig Uhr klingelt Gerhards Handy. Sein Gesicht wird während des kurzen Telefonats weiß wie die Wand.

„Um Himmels willen, was ist denn?", fragt Elke erschrocken.

„Meine Frau!", stammelt Gerhard. „Sie hatte einen Autounfall. Das war das Krankenhaus. Sie liegt auf der Intensivstation, und sie rechnen mit dem Schlimmsten ..."

„Fahr hin", sagt Elke ohne Umschweife.

„Aber das Geld ... die Bank ... die Vorschriften ..."

„Ich mache das schon. Das ist eine Ausnahmesituation. Deine Frau ist jetzt wichtiger. - Los, verschwinde schon! Aber fahr vorsichtig. Nicht, dass dir auch noch was passiert!"

„Danke." Gerhard reißt seine Jacke von der Stuhllehne und rennt zum Hinterausgang. Minuten später hört Elke seinen Wagen vom Parkplatz jagen.

Kurz nach halb zehn ist Elke fertig. Sie unternimmt den gewohnten Kontrollgang, schaltet den Computer und den Kaffeeautomaten im Flur aus und die Alarmanlage ein, packt die Geldbomben mit den Tageseinnahmen in einen unauffälligen Stoffbeutel mit dem Aufdruck der Insel Korfu, den sie vor Jahren von einem Urlaub in Griechenland mitgebracht hat, und verlässt den Supermarkt durch den gleichen Ausgang, den auch ihr Kollege genommen hat. Sorgfältig versperrt sie die Tür hinter sich und macht sich zu Fuß auf den Weg zur Bank.

Schnellen Schrittes eilt Elke durch die verlassenen Straßen. Die Bankfiliale ist zwar nur zwei Querstraßen entfernt - aber mit dem vielen Geld in der Tasche und ohne Begleitung fühlt sich Elke nicht wirklich wohl. Sie wird froh sein, wenn die Geldkassetten im Nachttresor verschwunden sind. Dann hat auch sie endlich frei. Sie muss erst nach dem 6. Januar wieder anfangen zu arbeiten.

Was für ein Glück, dass sie heute Morgen - einer plötzlichen Eingebung folgend - ihre Pistole mitgenommen hat! Elke ist Sportschützin, hat einen Waffenschein und ist somit berechtigt, eine Waffe mit sich zu führen. Aber es kommt eigentlich nie vor, dass sie die Schusswaffe mitnimmt - es sei denn, sie geht in ihren Schützenverein, in dem sie seit ihrem zwanzigsten Lebensjahr aktiv ist.

Ob es wohl so etwas wie eine Vorahnung gibt? Sie konnte doch nicht wissen, dass sie heute Abend ohne Begleitung ihres Kollegen die Tageseinnahmen zur Bank bringen muss! Eigentlich ist das nicht erlaubt. Aber was hätte sie tun sollen?

Ihre Gedanken schweifen ab, zu Gerhard. Hoffentlich überlebt seine Frau! So kurz vor dem Jahresende so ein Schock!

Niemand begegnet Elke. Nicht einmal Paul Hager, der pensionierte Polizist, ein ehemaliger Arbeitskollege ihres Vaters, der um diese Zeit gewöhnlich seinen Schäferhund Gassi führt. Wenn sie sich treffen, wechseln sie gelegentlich ein paar Worte.

Endlich hat Elke die Bank erreicht. Nur noch fünfundzwanzig Meter, dann ist sie das viele Geld los.

Plötzlich tauchen - wie aus dem Boden gewachsen - mehrere dunkel gekleidete Gestalten auf. Die müssen aus der nächsten Querstraße gekommen sein. Das Licht der Laterne auf der anderen Straßenseite erfasst sie nur ganz kurz. Elke fährt der Schreck in die Glieder.

Ein Überfall!

Die Leute stehen zwischen ihr und dem Banktresor. Sie müssen gewusst haben, dass sie um diese Zeit immer die Tageseinnahmen hier abliefert.

Was nun? Um Hilfe rufen? Hier würde sie niemand hören. Der Supermarkt liegt am Stadtrand, und die wenigen Anwohner sitzen um diese Zeit vor dem Fernseher. Oder sie liegen schon im Tiefschlaf. In die entgegengesetzte Richtung davonlaufen - in der Hoffnung, irgend jemanden zu treffen, den sie um Hilfe bitten kann?

Die Gestalten kommen näher. Vier sind es. Einer davon überragt die anderen um Haupteslänge. Panisch langt Elke in ihre Jackentasche, um ihr Handy herauszuholen. Sie findet es nicht. Dafür berühren ihre Finger die Pistole. Wie einen Rettungsanker umklammert Elke die Waffe, zieht sie heraus, entsichert sie. Inzwischen sind die Leute bis auf wenige Meter herangekommen.

„Halt, stehen bleiben!", ruft Elke. Doch ihre Stimme ist nicht mehr als ein heiseres Flüstern. Die Gestalten kommen noch näher.

Ohne bewusst zu denken, zieht Elke den Abzugshahn durch und schießt. Einmal, zweimal, dreimal - das ganze Magazin leer. Dann wird es schwarz um sie.

Wie lange sie so, bewegungslos, die leergeschossene Waffe in der Hand, dasteht, weiß sie nicht. Das nächste, was in ihr Bewusstsein dringt, ist die schrille Stimme einer Frau.

„Hiiilfe!", ruft jemand. Und noch einmal: *„Hiiilfe!"* Dass sie selbst es ist, die um Hilfe ruft, ist ihr nicht klar.

Im nächsten Moment wird es lebendig. Blaulichter, Martinshörner, kreischende Bremsen. Menschen, die aus Autos springen, zuklappende Autotüren.

Elke steht einfach nur da - sie weiß nicht, wo sie ist, was sie hier tut. Jemand fasst sie am Arm, nimmt ihr die Pistole ab. Dann eine Männerstimme:

„Was ist hier passiert?"

„Ich habe Schüsse gehört und den Notruf abgesetzt. Ich wohne hier in der Nähe", antwortet eine andere männliche Stimme, die Elke irgendwie bekannt vorkommt.

„Sie kennen die Frau?" Wieder die erste Stimme.

„Elke Burgsmüller. Sie leitet die Supermarkt-Filiale vorne an der Hauptstraße. Ihr Vater und ich waren bis zu seiner Pensionierung Kollegen im Rauschgiftdezernat. Ich nehme an, sie wollte die Tageseinnahmen zur Bank bringen, wie immer um diese Zeit."

„Und die Toten?", fragt die erste Stimme.

„Frank Burgsmüller, Elkes Ehemann. Seine Eltern. Und Christian. Der gemeinsame, fünfzehnjährige Sohn ..."